大旗出版
BANNER PUBLISHING

大旗出版
BANNER PUBLISHING

國家寶藏
捌
（完結篇）
關中神陵II

被迫參與盜墓行動的田尋，
正在煩惱該如何阻止林教授時，
通往茂陵的祕密暗道卻不幸地在此時被找到。
驚世寶藏帶來的巨大財富，
令利慾薰心的盜墓小組不顧危險闖入迷宮中，
但等在他們面前的除了恐怖毒香、死亡陷阱、變種怪物之外，
還有殺傷力更大的致命危機，
一行人能否順利逃出生天，抑或是慘死地宮之中……

國家寶藏 捌

關中神陵Ⅱ

目 錄

第二十三章　大英博物館

穿過大大小小的幾個房間後，三人進到一個全由水晶製品修成的大廳，這大廳從天花板到地板，再到牆壁和裝飾物幾乎都是水晶玻璃，林小培驚喜地踩著水晶地面轉著圈，對田尋說：「哎呀！你快看，這裡好像是個水晶的世界，到處都有我們的影子，真好玩！」

光線從窗外巧妙地射進來，大廳裡水晶物體相互反光，營造出一種奇妙的、光怪陸離的光影效果，田尋簡直有點發暈，低頭看著透明的地面，似乎一不小心就會掉下去。他對林小培說：「我們還是快離開吧，待在這裡我有點頭暈！」

三人出了水晶廳到了城堡外，高大的圍牆將城堡圍得嚴嚴實實，令人覺得固若金湯，順城牆走到堡後，這裡也有一個城門，但比起前門來就小得多了。管家吩咐看門人打開城門，向兩人一指對面草地遠處的樹林，田尋會意，拉著林小培向前方走去。

後城門外橫著一條小河，河水剛剛解凍，水流尚小，河上架著一座小巧的石砌拱橋。兩人攜手從橋上走過，見大片草地中靜靜躺著一片樅樹林，林小培像個小孩似地

第二十三章　大英博物館

咯咯笑著跑進樹林中，不時回頭叫田尋快跟上來。

兩人走到樹林深處，耳邊偶爾傳來布穀鳥叫聲，鼻中聞到樅樹那特有的樹脂味和泥土芳香，真好似來到畫中的童話世界。

林小培摟著田尋的脖子，問：「大笨蛋，你喜歡這裡嗎？」

「當然喜歡，這麼漂亮的地方我怎麼能不喜歡？」田尋笑了。

林小培在他唇上深深一吻：「那以後我就在這座城堡裡嫁給你！」

田尋感到心中陣陣溫暖：「好！妳穿上漂亮的白色婚紗，我也穿白色禮服，就在外面的草地上舉行婚禮。」

「為什麼要穿白色婚紗？我喜歡粉色的。」林小培眼神忽然變得有些憂傷。

田尋笑著捏了她下巴：「傻丫頭，白色的婚紗象徵純潔，說明妳就是我一個人的老婆，懂嗎？」

林小培臉色大變，顫聲道：「你是說我不夠純潔，是嗎？是，我明白，你嫌我不純潔，嫌我不配你，嫌我髒是嗎？我知道，一定是，一定是！」

她越說聲音越大，到最後簡直成了歇斯底里的大喊。田尋慌了：「小培，妳怎麼了？我說錯什麼了嗎？」他有點後悔，也許林小培早已不是處女，這句話多少會讓她產生不悅。

林小培用力推開田尋，扭頭向城堡方向跑去。田尋連忙去追，一直來到城堡裡面，這裡房間眾多，林小培像小鹿似地亂撞，隨手打開一扇門就進，看到另一扇門就出，也不知道自己身在何處，忽然眼前一亮，竟又跑回到那間水晶廳中。

說來也巧，林之揚正在管家的陪同下欣賞水晶廳裡的裝飾，忽然見林小培哭著跑進來大為奇怪，連忙上前詢問，林小培抱著爸爸只是傷心地大哭，田尋在旁邊不知所措。

林之揚有些惱火，問田尋道：「小培這是怎麼了？吵架也不應該這麼哭吧！」

田尋說：「我實在不知道她怎麼了，可能是我說錯了什麼。」

林之揚知道田尋性情穩重，不可能會欺負她，就問：「你說什麼了？」

田尋有點不好意思，扭捏地說：「我說，讓她穿上白色的婚紗嫁給我，她就生氣了。」

林之揚哭笑不得，撫摸著女兒的頭髮說：「小培啊，田尋說的也沒什麼不對嘛，妳又發什麼神經？」

林小培一把推開林之揚，邊哭邊向廳外跑去：「我不要穿白色的，我不夠純潔，我不想穿白色的……」

聲音越來越遠，林之揚和田尋對視一眼，均沒作聲。林之揚拍拍他肩膀：「沒事，別在意，小女孩愛耍小性兒，你以後可有得苦吃了，嘿嘿！」田尋也笑了，心裡卻疑惑不解。

第二十三章　大英博物館

中午在餐廳用餐，滿桌都是英式菜餚，林之揚還破例給田尋面前擺了兩道葷菜，分別是香菇洋蔥豬肉和炭燒培根卷，再配上道地的威士忌，簡直就是絕配美味。林之揚心情顯然不錯，和田尋談東說西、興致頗佳，林小培卻一直悶悶不樂。

不一會兒，林小培就吃完回房間洗澡去了，田尋繼續陪林之揚聊天。

林之揚道：「茂陵之事成後，我會為你辦好加拿大永久居留證，到時候你就徹底自由了，沒人敢追究你任何責任。」

田尋道：「可我現在是戴罪之身，連身分證都還扣在瀋陽看守所裡，怎麼辦出國手續？而且我出國的話，父母怎麼辦？」

林之揚說：「身分之事你不用擔心，我早已打點妥當，至於你父母的問題，古人有云：『魚與熊掌不可兼得。』這句話的含義你應該懂吧？四十多年前，我剛從西安大學畢業的時候就認識了小培的母親，她是當時西安大學副校長之女，能讓我留校擔任助教。可我陝北老家還有父母需要照顧，我很矛盾，如果回陝北去就要放棄留在西安的機會，那助教名額可是幾百雙發紅的眼睛在盯著呢！」

田尋問：「後來呢？」

「後來我還是選擇留在西安，陝北老家的父母體弱多病，身邊又無人照顧，在我三十幾歲時就相繼去世了。」林之揚啜了口茶繼續道：「那時我非常難過，感到自己是那麼自私和無恥，竟然丟棄盡孝父母的責任，而去追求自己的前途。後來我和小培的母親結了婚，在副校長岳父的幫助下，從助教升到教師、副講師，再到講師、副教授、教授和博導，從收藏古玩到做古玩生意，漸漸才有了現在的基業和家產。說實話，父母死後的十幾年，我一直都很內疚，可現在看到我的兩個兒子能受到國外的良好教育，看到我女兒衣食無憂，看到這巨富家資，我又欣慰了，相信父母地下有知，也會理解我當年的選擇。」

田尋笑了笑，心裡卻十分鄙夷。

下午田尋又和林之揚在後院草地上打了一會兒高爾夫球，兩名男僕提著球桿陪同。林之揚對田尋道：「等事成之後，你和小培就在這城堡裡舉行婚禮，再過一陣子我和振文在太平洋買下小島後，就要去那邊安享晚年了，到時你田尋就是這座城堡的

第二十三章　大英博物館

主人。」

田尋感到喉嚨有點發乾，他勉強擠出一絲笑容，想說點什麼卻始終沒出口，因為他做夢也不會想到這麼豪華雄偉的歐洲城堡，竟有某天會屬於他？

晚上吃過飯後，三人都有點累了，於是早早睡下。田尋的住處是一間相當豪華的套房，主臥室落地窗外是一個巨大的半圓形石砌露台，位置在城堡南面正中心，應該是主人睡覺之處，看來林之揚對田尋還是相當重視。

露台外圍有十二尊形態不同的雕塑人物噴水柱，中央還有一尊高大的維納斯雕像，田尋推開落地窗來到露台之上，是夜星空寂靜，遠處靜謐的樅樹林就像忠誠武士般遠遠守衛著城堡，偶有幾隻飛鳥從樹林裡飛出。空中圓月如銀盤，將露台和雕像都罩上一層淺淺的灰霧。

田尋穿著考究的蠶絲睡衣，感到有些涼意，卻又不願回房，因為這種涼意似乎可以讓他的大腦變得更加清醒。他靠坐在維納斯雕像底座邊，雙手枕在腦後，看著天空的繁星想著：難道我也要像林之揚當年那樣，拋棄自己的父母，獨自到國外享受天堂般的生活？

夜更深了，露水打濕了衣服，田尋冷得瑟瑟發抖，仍不願回到溫暖舒適的大床上睡覺，內心希望這種刺骨疼痛會令他清醒地做出選擇。

第二天下午來了一名英國律師，林之揚和他洽談城堡轉讓的最後文件簽署事宜，辦完後林之揚送律師出門，田尋無意中在文件上瞥了一眼，清楚地看到林之揚的英文簽名「Chance Lin」下面有一行小字：Nationality:Canada.

田尋英文水平很一般，但這些單字他還是知道的，意思是：國籍加拿大。他心中一震：原來林之揚早就入了加拿大國籍！

等林之揚回來，田尋忍不住問他，林之揚坦然相告，不僅他，連林振文、杏麗和林小培也都是加拿大國籍。田尋默然，更覺得此事有些不妥。

城堡的事情辦完了，林之揚問田尋在回國之前還有什麼地方想去，田尋脫口而出：倫敦大英博物館。

飛機可真是個好東西，要是在歐洲中世紀，從伯明罕走到倫敦至少得一個月，而次日下午田尋等三人坐的賓士車已經停在倫敦大英博物館門口了。

這天剛好下過雨，道路和建築物都被洗刷得乾淨清爽，路上行人大都穿黑色大衣、撐著雨傘匆匆而行，十足英國紳士打扮。

第二十三章　大英博物館

司機先下車為林之揚撐起雨傘，田尋則和林小培共同撐傘走上博物館台階。大英博物館門票是免費的，可能因為下雨的緣故，今天館內遊客並不多，先到古近東館看了一圈，然後又參觀了希臘和羅馬館，再來就是埃及館，這兒可能是最受歡迎的了，遊客也最多，並且允許使用閃光燈拍照。

田尋邊看文物，邊對照手裡那印刷精美，而且免費的參觀指南查找出處，並一一拍下各個角度的照片。尤其是法老依默霍特普頭像、拉美西斯頭像和羅塞塔石碑，另外還有大量盛殮木乃伊的彩繪木棺，顏色非常鮮艷，就像剛從地下挖出來似的。

林之揚指著一幅用紙莎草繪製成的埃及畫卷說：「這就是著名的亞尼死者之書，這裡的鎮館之寶，上面畫的是死者亞尼從靈魂離開軀體，一直到乘太陽船復活的全部過程。」

其中有幅畫是一名強壯的狼頭人半跪於地，面前的天秤裡左面放著人的心臟，右面則是一根羽毛，狼頭人對面端坐一人，手持法杖，頜留長鬚。

看到這幅畫，田尋忽然想起去年在前往新疆的途中遇到聖裔之墓，那墓門口的狼頭人雕像似乎就是這位撥弄天秤的亡靈守護者阿努比斯。

田尋拍得興起，後退取景時不小心腳後跟踢到了一個展示櫃，不到十秒鐘，一名工作人員神情緊張，手持對講機快步走來。他在展示櫃上四處看了看，然後朝著對講機說了幾句英文，隨即輕鬆地走開了，看來應該是每個展示櫃都裝有微動感應器。

轉了一會兒來到了中國文物館，迎面就看到巨大的敦煌壁畫鑲嵌在防彈玻璃櫃裡。這時一位漂亮的英國金髮美女解說員正在為遊客講解，林之揚同時把她的講解內容翻譯給田尋聽，解說員說這裡共藏有中國歷代珍貴文物兩萬三千餘件，其中有著名的元代鱖魚圖案青花瓷盤、女史箴圖、永樂大典等。

壁畫旁還堆著上千軸白宣紙經卷，這些經卷分門別類地放在一個個金屬箱中，箱外貼有標籤，標明經卷的名稱，並註明是全卷、還是殘卷，很是詳細。從文字介紹上得知，它們和壁畫一樣，都是被英國著名探險家斯坦因從甘肅敦煌莫高窟道士王圓籙手中，以幾百兩銀子的低價購得，然後再用大木箱運回歐洲。

文字介紹很詳細，說王圓籙道士在無意中發現藏經洞之後，曾經帶著經卷走了八百里地，冒著被狼吃的危險交給當地兩任縣令，卻無任何結果；他甚至給慈禧也寫了信，當然是泥牛入海；最後在灰心之餘賣給了斯坦因，因為斯坦因說中國沒能力保護好它們，最好是讓文明的歐洲人來代為保管。下面還有斯坦因和王圓籙道士的黑白照片。

第二十三章　大英博物館

看著堆積如山的經卷，田尋心裡很不是滋味，在中國的歷來宣傳中，這個王圓籙一直就是個典型的賣國賊形象，而現在卻反過來，搖身一變和斯坦因成了維護世界文化遺產的功臣。田尋默默無語，他貼近那些壁畫仔細看，發現上面有很多劃痕，他詢問林之揚這壁畫上的劃痕是怎麼回事，林之揚笑道：「那是當年斯坦因在甘肅莫高窟移動壁畫時用小斧砍的。還有一部分是發現藏經洞之後，國內很多書畫家慕名到莫高窟臨摹時留下的痕跡。」

「臨摹怎麼會在壁畫上留下痕跡呢？」田尋不解。

林之揚說：「你不懂。那些畫家臨摹的方法很特別，他們直接把透明紙蒙在壁畫上，再用筆描下來。」

田尋聽了非常震驚：「這樣描不會對壁畫造成傷害嗎？」

林之揚點點頭：「對壁畫的傷害當然很大了，因為那些壁畫都有上千年歷史，很多粉彩和灰層已經發脆發裂，一碰就壞，畫家臨摹完之後，原壁畫就根本成了半殘廢。要知道那些畫家都是大行家，他們只臨摹壁畫中最精彩的部分，傷害就更大了，包括張大千在內都幹過這事，他四十年代去敦煌待過兩年，估計最少也摹了有幾百幅吧！」

田尋愕然，林之揚又道：「其實這種現象很普遍，不但當時有，就是現代也有很多畫家和美術學院的學生經常去中國各大佛教壁畫古蹟中臨摹，根本沒什麼人管。」

聽了林之揚的說明，田尋不禁黯然，斯坦因之流明明是強盜，卻被本國給美化成探險家，偌大中國居然保存不了幾千卷經文，也難怪外國人會理直氣壯地把中國文物大批地堂皇展出，並且絲毫無半點愧疚，卻還帶著驕傲和優越感，一副文明種族拯救落後種族文化是合法的嘴臉。

再看看其他收藏品，發現中國館的文物雖然價值連城，但展出環境卻並不是很好，很多展示櫃明顯比埃及館等陳舊許多，有的甚至可說是簡陋，似乎該館對中國收藏品並不重視。

正在疑惑時，從遠處快步走來一位高大的英國男子，這人約莫六十來歲，雖有略為花白的金髮，精神卻很好。他和林之揚親切地握了握手，林之揚向田尋介紹：「這位是鮑威爾先生，大英博物館的副館長，我的老朋友，每次我來倫敦他都會請我吃正宗的英國菜，這次當然也沒準備放過他。同時這傢伙也是個中國通，他的漢語說得比我們還好呢！」

鮑威爾副館長微笑著和田尋握手，道：「歡迎參觀世界上最偉大的博物館！」

第二十三章　大英博物館

他的中國話太標準了，看著這樣一個金髮碧眼的外國老頭操著流利的中國話，多少感覺有點彆扭，但起碼不用找翻譯。田尋客氣地說道：「您好！鮑威爾先生，我想知道大英博物館目前共有多少件收藏品？」

「現在共有七百多萬件，無論是數量、還是質量，都是世界第一。」

「那麼非英國的文物又有多少呢？」田尋又問。

「超過一半。」

田尋笑了：「這麼說來，大部分都是從外國搶、偷、盜來的吧？」

此言一出，不光鮑威爾副館長和林之揚，周圍能聽懂漢語的人都譁然。鮑威爾有點意外，但仍然帶著微笑：「您要知道，有很多文物是由別國出售、抵債和賠償給我們大英帝國，而不是像您說的那麼難聽。」

第二十四章　鋼鐵廠

林之揚見田尋話中有話，連忙上前打圓場：「好了田尋，你和小培去日本館那邊轉轉，我和鮑威爾先生在這裡聊一會兒，然後咱們去吃飯。」

田尋卻似乎並不想就此結束談話，他笑著問鮑威爾：「鮑威爾先生，那麼貴國的那些所謂探險家從別國盜取，和軍隊在戰亂中搶奪的文物，也要算在出售、抵債和賠償之列？」

鮑威爾臉上變色，明顯聽出了田尋話中的刺，他有些不悅地說：「您這個問題並沒有錯，我知道作為一個中國人，看到無數本國珍貴文物被擺放在他國的博物館中，心情肯定是不太好的，但您有沒有想過，幾百年前的事情我們這一代又能改變什麼？如果當時貴國無比強大，又有哪個國家敢派軍隊到貴國打仗、去搶東西呢？那只是戰利品，與現在的社會無關。」

田尋大怒，道：「你的意思是說，只要強大就可以隨便打仗，隨便搶東西是嗎？」

這話的火藥味再明顯不過了，意外的是鮑威爾卻並未更加生氣，他仍然帶著職業性的微笑答道：「剛才我已經解釋過了，那是戰亂年代的事情，和現今社會無關，而且不只我們大英博物館，像美國紐約大都會博物館、法國羅浮宮、吉美博物館和楓丹白露宮都有大量別國文物，這些文物在發達國家可以得到更好的保存和防護條件，從這方面來講我們還是在做好事。」

周圍許多聽得懂漢語的國外遊客都紛紛點頭表示同意。鮑威爾又說：「博物館的地點雖然單一，但絕大多數都免費開放，世界各國的人都可來此參觀。雖然我們的收藏品當初可能是透過帝國主義非法力量取得，可現在這些博物館早已成了國際性公益機構，人們不能總是用舊眼光看事物，用現在的標準來衡量過去的那些偉大的收藏家們。」

田尋臉色鐵青，並沒說什麼。鮑威爾最後說道：「另外從法律意義上講，這些文物存放在這裡也是合法的，因為早在二〇〇二年十二月份，全球十六家著名博物館就已簽署通過了一項合約，合約明確表示簽署國博物館反對將館藏文物歸還給原屬國家，否則我們會對這些文物的安全性和長久保存性擔憂，這也是我們歐美發達國家文明進步的表現，是對全世界人民和藝術品的高度負責。」

人群中響起掌聲，很多歐美人紛紛點頭以示讚許，林之揚也笑了：「鮑威爾先生說得很對，只要這些文物保護良好、免費參觀，放在哪裡不都是一樣呢？」

田尋胸口一起一伏，似有千言萬語卻說不出來。這時旁邊一個三十幾歲的金髮外國年輕男子笑著用生硬的中國話說：「還是你們中國人太無能，要是厲害打仗就不會輸，也不會被搶東西，更不會被燒了皇宮，哈哈哈！」

人群哄笑起來。田尋怒不可遏，猛地衝向那外國男人，叫道：「你們這些無恥的外國人，今天倒要看看誰打仗會輸！」說完抬拳就打。

那男子不光長得帥，體格也是又高又壯，見田尋發怒，感到有些意外，但外國人生性好鬥，這老外毫不驚慌，擋住田尋的來擊，又還了一拳。田尋側頭躲過後，一拳擊在他臉頰上，男子被激怒了，反手一拳搗在田尋左肋處，老外的拳頭不是吃素的，比田尋有勁得多，田尋只覺肋骨似乎都要斷了，那男子再要出拳，卻被圍觀眾人拉開。

男子怒氣正旺，邊掙扎、邊高聲叫罵：「Fuck you! You're Chinese pig! Pig!」

這句話大多數中國人都聽得懂，田尋大怒，也想用這句英文國罵回擊，卻看到此時周圍很多外國遊客都用傲慢、鄙夷和嘲笑的神情看著他。

有人在說：「這個人的素質太差了，怎麼回事？為什麼要打人？」
有人回答：「他是從中國來的，中國人的素質一向很差，我們要學會習慣，下次離他們遠一點就行了。」
議論之聲如蒼蠅嗡嗡亂響，田尋忽然覺得胸口血往上湧，一陣噁心，有團熱火似乎在往上急頂，他連忙強行壓住，直憋得眼前發黑、差點昏倒。

第二十四章　鋼鐵廠

田尋獨自坐在酒店房間的椅子上發呆。桌上擺著剛煎好的牛排，還有烤雞、紅酒和麵包，很是豐盛，田尋餓得直發慌，卻又毫無胃口，白天在博物館那一幕仍在腦海中不斷閃現。
有件事他很想不通，從漢朝到明朝，中國一直是世界上最強大的國家，那時外國人看中國的態度是絕對仰視，打心眼裡羨慕中國的富饒與先進，也從未有過自己是優等民族的想法。當然，在中國已經開始研究穿十層絲綢衣服的時候，歐洲人還穿著獸皮、用標槍打獵，那時的西方人也不可能認為自己有多優越。而從清朝開始完全閉關鎖國之後，中國就一直在挨打，清末、民國、抗日、內戰一直到文革結束，斷斷續續打了一百多年仗，一個富強的國家變成了世界上有名的大窮國，中國人再也不是日本人口中的「天可汗」，更不是歐洲人所稱的什麼「東方天朝」，而變成了「劣等民族」、「東亞病夫」，走到哪兒都被歧視，甚至在某些外國人眼中低級得還不如動物，而此時的歐洲人經過了工業革命，開始越來越強，他們覺得自己是天生的優秀種族，打你中國是理所當然。這究竟是為什麼？又該怪誰？外國人的想法很像某些原始動物：他們只崇拜強者，不管你用的是什麼方法，只要你強，我就管你叫爺，可如果有天你變弱了，第一個打你的也是我。

田尋越想越遠，甚至有點理解外國人這種想法，自己不強大又能怪誰？什麼時候國家真正富了，他們的想法也就自然改變，說不定那時的歐美人又覺得中國是優等民族了，還真不好說。

田尋躺在床上胡思亂想，耳中聽到房門外有人在低聲交談——是林之揚安排的幾名看守，防止自己趁機跑掉。

他們父女倆到倫敦大戲院去看歌劇《蝴蝶夫人》了，除了那個鮑威爾之外，還有一個日本三井財團的後人，叫什麼三井之夫的作陪。這個三井之夫的爺爺在侵華戰爭時期曾於岡村寧茨手下任軍需次長，當年他藉職務之便，在黑龍江、吉林等處瘋狂開採鐵、煤、鋁及鎂等礦藏，然後源源不斷地運回日本，繼而再賣給本土商人、或英美公司，從中牟取暴利。據說這傢伙在短短三年內就撈了幾億美元的資本，隨後成立三井財團，到現在幾十年過去，三井財團不但投資能源事業，還涉足房產和金融，現已在日本開有數十家三井銀行，生意越做越紅火。

田尋對這種人恨得牙根癢癢，自然也不可能跟這幫傢伙一起看什麼破歌劇，只好選擇留在酒店裡。這家酒店是五星級的，設施相當完善，斜對面就是大英博物館，步行到倫敦大戲院不過十幾分鐘路程，聽說也是鮑威爾副館長給安排的，似乎他和林之揚關係非常好。

田尋無聊地打開液晶電視，隨便調幾個台，基本上都是當地的英文台，其中還有好幾個成人頻道。再進入境外MENU，裡面有世界各大洲的衛星頻道節目，進入ASIA選項，再選CHINA，別說，還真找到了帶有CCTV字樣的中央新聞頻道，在國外看到中文頻道很親切，田尋不由得讚歎人家英國的五星級酒店就是不同，服務完善得令人稱奇。

看了一會兒新聞，內容大都是外國領導人應邀到中國，或是中國領導人去國外訪問，田尋看得索然無味，剛要換台，忽然畫面跳出一則新聞：

據本報特約通訊員獲悉，陝西民營企業十強之一的西安林氏集團今天上午在咸陽舉行新聞發布會，宣布該集團與北京金春集團共同出資註冊茂陽鋼鐵集團，目前主體框架工程——茂陽鋼鐵廠——已經基本建設完畢。據林氏集團董事長林振文和金春集團董事長尤全財在發布會上說明，茂陽鋼鐵集團總部設在西安市林氏集團，茂陽鋼鐵廠廠址選在咸陽興平市以西，占地面積二十四萬平方米，估計建成後年產優質鋼材可達七萬噸。雙方出資比例各占百分之五十，初期投資額為十億元人民幣，兩年後追加投資額可達二十四億左右，在全陝西煉鋼企業中可排第二。

隨後就是隆重的新聞發布會現場，只見林振文和另一個消瘦中年男人共同坐在長條會議桌前，身邊坐著打扮靚麗的杏麗，另外還有副董事長和祕書等人作陪，每個人面前的桌上都擺著一塊小名牌，那消瘦男人面前的名牌上寫著「尤全財」三個字。眾人身後的牆壁上還貼著兩行巨型紅色大字：

陝西茂陽鋼鐵集團立項註冊儀式

茂陽鋼鐵集團暨茂陽鋼鐵廠竣工發布會

屋中坐了滿滿當當全是記者，這些拿著長槍短炮的老記者們閃光燈咔咔閃個不停，林振文顯然已經很熟悉這種場合，他微笑著衝面前的幾十支麥克風侃侃而談，介紹組建茂陽鋼鐵集團的重要性，隨後尤全財也講了幾句話。最後則是咸陽市委副書記

第二十四章　鋼鐵廠

為林、尤兩人親自頒發集團立項註冊執照，閃光燈幾乎連著亮起，快門聲連綿起伏，場內氣氛達到最高點。

看完這則新聞，田尋感到十分疑惑。林之揚什麼時候和尤全財合夥出資辦了個鋼鐵廠？而且還投入這麼多錢？他想起前幾天在伯明罕城堡裡林之揚說過，他投入在盜漢計畫中的資金有十多億，難道……這個所謂的鋼鐵工廠是個幌子，用來做盜茂陵的掩護？茂陵也在興平市，這鋼鐵廠也在興平，恐怕不是巧合。

那尤全財怎麼也投資了？早在去年新疆之行回來時，田尋就聽林振文在咸陽書房裡和他說過尤全財搶走布帛地圖的事，想來應該是這個姓尤的以布帛地圖為要挾，逼迫林之揚跟他合夥開掘茂陵。

田尋感到一陣寒意。林之揚和尤全財都瘋了！他們投入幾十億的資金，就為了開掘一座墳墓？這麼大的舉動難道就沒人知曉？

他騰地跳下床，開始在房間裡四處找電話，拿起聽筒來卻沒聲音，看來電話線也被做了手腳。穿過客廳來到大門處，開門看到兩名穿黑皮夾克的中國男子在走廊裡來回晃悠，見田尋開門，連忙走過來賠笑道：「田先生要去哪裡？」

田尋說：「哦……我想到街上轉轉，透透氣。我能自己出去嗎？馬上就會回來。」

兩人道：「這恐怕不行，因為林老爺子吩咐過，讓我們全程保護您的安全，有什麼閃失，他會責怪我們。」

田尋徹底洩了氣：「不用麻煩了。」

又在倫敦待了兩天，直到坐飛機回到咸陽，田尋也沒找到偷偷打電話的機會。

咸陽城堡別墅後院草地上放著十幾把靠椅，都圍著一張圓桌，除林之揚和林振文外，去年新疆之行那些人也都齊聚於此。田尋一眼就看到郎世鵬了，這老哥們正和林之揚聊得熱乎，見田尋過來連忙向他招手，田尋剛要走過去，那邊姜虎風風火火地跑過來，一把摟住田尋：「喂哥們，你這半年去哪了？哥哥都想死你啦！」

田尋笑著給了他一拳：「幾個月沒見，你怎麼變得又白又胖的了？」

姜虎歎了口氣道：「唉，他媽的別提了，這半年林先生也不讓我們這些人出門，就只能在城堡前後轉悠，每天除了吃就是睡，跟養豬一樣。也別說，那個提拉潘倒是每天晚上堅持練功四個小時，佩服。」

兩人邊說邊入座坐下，旁邊就是史林，他拍著田尋肩膀嘿嘿笑著道：「老田，你

第二十四章　鋼鐵廠

上哪玩去了，也不來看看俺們！」

桌對面的王植笑道：「人家田兄弟是有女朋友的，哪能像咱們這些大小光棍。」

羅斯．高聽著MP3耳機，邊晃動身體邊說：「你小子倒在外面泡妞自在，我都他媽的半年沒碰女人，還不如死了！」

田尋哈哈笑著沒說話，瞥眼看見坐在角落的法瑞爾向杏麗悄悄招了招手，杏麗臉色微紅衝他笑了笑。

這時，林振文、郎世鵬和林之揚走來，林振文站起來對大家說：「先生們，現在我要鄭重向大家宣布一件事：從今天開始正式啟動盜漢計畫！」

大家一陣歡呼。史林說：「終於有事幹了，再照這麼待下去，俺可就要變成傻子啦！」

羅斯．高輕蔑地道：「難道現在你不像傻子嗎？」史林怒目而視。

林振文繼續道：「古人說得好：『工欲善其事，必先利其器。』我們已經做好了充分準備，現在就由我父親來為大家講講。」

林之揚咳嗽一聲，說：「大家都從電視上看到了，茂陽鋼鐵集團工廠部分已經竣工，當然這工廠只是個假殼，我們所招募的幾百名工人都是精心挑選的，比較可靠。

境外財團派來的外國工程專家團明天就到咸陽，這些專家會在一週內擬定出具體施工方案，到那時我們就開始啟動計畫！」

眾人一陣歡呼。羅斯．高問：「那這些天我們做什麼？」

林之揚笑了：「這些天你們要做的事很重要，那就是吃好睡好、把精神養足，等挖到茂陵祕密入口時，你們就要大顯身手了！」眾人大笑。

傍晚四點左右，來了一輛賓士大客車將眾人全都接上車，林振文等人則另乘黑色賓士，兩輛車一前一後駛向興平市西郊。

過了兩小時，汽車來到一大片荒山背後。這裡三面環山，地勢平緩開闊，放眼望去，根本看不到盡頭，地面除了枯草，連老鼠都沒有，既乾淨又荒涼。

道路一轉，山梁中出現一道長長的水泥女兒牆，牆高一米五左右，長約兩百來米，寬兩米多，牆截面中間立著三排粗如手指的鐵絲網，中間那排鐵絲網上貼有黃色警示標誌的方形金屬牌，上面繪著閃電符號，下方用中、英文分別寫著：高壓危險，切勿攀爬。

外側的鐵絲網上每隔五十米安有微型攝像頭，下方網壁上貼著塊板子寫著中、英文：工廠重地，閒人勿近。

第二十四章　鋼鐵廠

鐵絲網內全是高大的方形建築，有方有圓，或高或矮，四周管道蛇形密布，數都數不過來，也不知有何用處。巨大的吊車佇立於建築之間，上面還亮著鹵素指示燈。兩排巨大鋼罐漆成深紅色，像路旁的樹木一樣立在地上，每個鋼球都有一幢樓大小，也不知是做什麼的。寬闊的水泥路面縱橫於建築之中，密布整個鋼鐵廠各處，幾十輛黃色康明斯運輸車忙碌地駛進駛出。

透過鐵絲網，在暮色中可見東側於山巒環抱處，蓋著幾十間由木板和鋼架搭成的連排房屋，類似軍隊的營房宿舍，另外還有幾幢水泥辦公樓，西側幾百米處有三座巨大的圓柱形晾水塔，高五十米有餘，塔壁嵌有鐵梯。

客車沿女兒牆駛了幾分鐘後向右拐，來到鋼鐵廠大門處。這道門由裡面的混凝土值班室的電腦控制，門外左右各有穿著黑衣的警衛在崗樓中站崗，旁邊還豎著一大塊牌子，上寫：

茂陽鋼鐵集團公司冶煉廠工程駐地

該廠為陝西省政府重點扶持工業項目，受國家相關法律法規保護，擁有自行保衛權，非集團人員未經允許不得擅闖，否則依法懲處。

——咸陽市基建局、咸陽市公安局立

第二十五章 密謀

鐵網大門上面的紅燈忽然閃爍起來，隨著電機啟動，鐵網門從兩側慢慢分開，客車緩緩駛進，水泥路面上嵌著橙紅色行駛指示燈，在暮色下十分醒目。身後的大門緩緩關閉，紅燈也滅了。

幾名黑衣警衛緊跟在賓士客車後面，田尋等人一下車就感覺夜寒襲體，身上有陣陣涼意，耳邊隱隱傳來汽車行駛聲和有節奏的敲擊鐵管聲。警衛們眼睛動也不動地盯著眾人，似乎在看賊。

姜虎低聲對田尋說：「怎麼這麼彆扭，我們又不是小偷和罪犯。」

廠院中央的一大片空曠地帶整齊地停著兩排車輛，一排是二十幾輛康明斯牌重型運輸卡車，另一排全身漆成黃色，是各種奇形怪狀的工程車。西側是大型冶煉車間，從外牆引出幾根粗大的彎曲鋼管，同後面的兩座大型冶煉爐相連，看上去活像一對巨大的金屬怪獸。其中兩根鋼管還不停冒著蒸氣，濃濃的白色蒸氣被夜幕染成了青色。

冶煉爐左側修有一堵高達十餘米的白色高牆，右側和冶煉爐連接，左端則伸入旁

第二十五章　密謀

邊山體，牆上嵌有一扇黑色金屬對開鐵門，中間的門縫並不是豎直向下，而是呈三十度斜梯形，遠遠望去只看到裡面高聳的山坡，不知道是什麼工程。牆上也貼著黃、黑雙色警示牌，上寫：

冶煉重地，閒人勿入。

鐵門左右也有黑衣警衛把守。大家左右看看，沒想到這麼龐大的一座鋼鐵工廠，居然是林之揚用來掩人耳目的假殼子。王植驚歎之餘問：「什麼時候在這裡建的大型冶煉廠？動作還真快！」

郎世鵬點了根煙：「聽說只用了半年多時間，這工廠雖然是個假殼，但卻和真正的鋼鐵工廠毫無二致，甚至比它們設施更完善、更齊全。投入十億啊，可不是鬧著玩的。」

宋越指著忙碌的康明斯卡車問：「它們在運什麼？」

郎世鵬說：「鐵礦石。鋼鐵廠當然得進原料了，聽說這些鐵礦石都是從山西和安徽購進的優質礦石。」

「我們這個鋼鐵廠不就是個軀殼嗎？」宋越疑惑地問，「還進這些鐵礦石幹什麼？」

郎世鵬笑了：「就算演戲也要演得逼真啊！這樣外人見了才不會起半點疑心，花了十億投資興建這個龐大的鋼鐵廠來做掩護，如果再輕易被人識破，那可就太丟臉了。」

大家都點頭表示同意。黑衣警衛帶領大家順水泥路面向東走，一路上管道密布、貨櫃堆積，還真是熱鬧得很，行了幾百米來到東側的辦公區域，警衛把大家安排在最靠裡的一座辦公樓，眾人分別在四樓的幾個房間住下，每人一個單間，互不干涉。辦公樓大門和每層走廊都有人看守，戒備森嚴。

同時陳軍向大家宣布紀律：從今晚開始，所有人等一律不許離開工廠鐵絲網圍牆以內的範圍，只能在工廠內活動，而且必須兩人以上同行，直到工程隊開掘茂陵成功後開始行動。鐵絲網內層二十四小時通有高壓電，如果有人攀爬越牆，出現生命危險後果自負。

這些話再明白不過，等於將大家全都給軟禁了。

吃過晚餐後，大家都開始自由活動，羅斯·高拉著姜虎和提拉潘去賭錢，郎世鵬則和宋越、王植他們下象棋，那法國人法瑞爾似乎對什麼都沒興趣，只待在房間裡睡覺。

第二十五章　密謀

史林拉田尋出去散步，田尋心情鬱悶，只願在屋裡躺著，史林見如此，心想這裡也不是什麼旅遊景點，於是也跟著田尋留在房間裡看電視。

史林用遙控器胡亂調台，也不知道他想看什麼，屏幕上的節目田尋絲毫沒看進去，心裡一直在想盜漢計畫的事。

電視節目來回切換，史林邊調台邊說：「現在這破電視節目真差，想看個武俠電影都沒有！」

節目快速切換中，田尋忽然聽到一個熟悉的聲音快閃而過，叫道：「等一下，往回調台！」史林以為他找到了喜歡的節目，連忙向回按幾下鍵。調到「西安新聞」頻道時，屏幕上出現了一個漂亮女記者的採訪節目，這女孩太熟悉了，不是趙依凡嗎？只見屏幕下方打著《學者專訪》四個大字，下面另有一行小字：《西安日報》特約記者作客本台任嘉賓主播，本期採訪著名收藏家王仁忠。

屏幕中的趙依凡一身黑色職業女裝，內襯白色蕾絲邊抹胸，酥胸半露、風情萬種，對面坐著一位七十多歲、頭髮花白的儒雅老者。史林驚道：「這女記者真漂亮，身材太好了！」

田尋笑著打趣：「你是練童子功的，少看點女人吧！」嘴上打趣，耳朵裡卻仔細聽著電視中傳出的每句話。

只聽趙依凡又道：「我們的《學者專訪》節目今天已經是第十期了，每期我們都會採訪一位考古界或收藏界的名家，很多觀眾打電話來說很喜歡本欄目，所以每期節目我們都會在三個台重播兩天。而我這個報社記者就這樣一直冒充主播在做這個節目。當然只要觀眾喜歡，我將一直冒充下去，在本期節目結束之前，王教授還有些什麼話想對廣大收藏愛好者說嗎？」

王仁忠教授笑著回答：「還是那句話，希望收藏愛好者們要擦亮眼睛，謹防被假貨贗品蒙蔽。」

趙依凡說：「非常感謝王教授的忠告。最後照例還是公布一下參與節目的熱心網友獲獎名單。其中一位叫『風流鬼』的網友，你報名參加的『遊森林、看綿羊』活動現在只差你一人了，可你已經九天沒跟電視台聯繫，不知道你在哪裡，大家都很關心，希望你看到節目後想辦法與我們聯繫，告訴我們你在哪裡，什麼時間來。謝謝大家收看，下期再見！」

節目換成了廣告，史林歎口氣：「真可惜，還沒看夠美女呢，早知道就先換到這台了！」田尋心中怦怦直跳，憑直覺他相信剛才趙依凡說的最後那段話是有含意的。

第二十五章　密謀

他假裝若無其事的樣子對史林說：「唉，我有點頭暈，先睡一會兒，你自己慢慢看吧！」史林覺得索然無味：「你不看俺也不看了，去看看他們賭錢！」

史林走後，田尋躺在床上一遍遍回想剛才趙依凡在電視裡的話，前些天在終南山腰碰面時趙依凡就稱田尋為「風流鬼」，而今天她又在節目裡說到這個網名，田尋猜想這絕不是巧合。扳扳手指數了下日期，從終南山會面到今日似乎剛好九天，可那個所謂「遊森林、看綿羊」活動是什麼意思？森林……綿羊……忽然腦中靈光一閃：森林裡的綿羊，不就是林之揚嗎！

田尋欣喜地在牆上擊了一拳，現在再明白不過了：趙依凡是在暗示田尋想辦法向她發出信號，確認林之揚實施盜漢計畫的具體時間和地點。

可這事情做起來簡直難比登天！鋼鐵廠戒備森嚴，到處都有警衛盯著，怎樣才能發出信號？

晚上睡覺時田尋又失眠了，整夜都在想發出信號的辦法，想到天濛濛亮也沒想出什麼頭緒來。直到起床到餐廳吃早餐時，大腦還是昏沉沉一團糨糊。史林開了一瓶牛肉罐頭扔給田尋，田尋剛吃幾口，就聽提拉潘說：「看，又有人來了！」

大家都跑到窗邊看，辦公樓區域距鋼鐵廠大門有兩百多米遠，很難看清什麼，提拉潘自幼修習古泰拳，耳聰目明更勝常人，王植拿起一架視得樂望遠鏡邊看邊說：「哦……果然有人來了，你們看。」

大家輪流用望遠鏡觀看，果然遠遠看到大門處的主電控門緩緩開啟，一輛黑色通用SUV汽車駛進院中停下，從車上鑽出幾個中年外國人，都穿著黑色呢子大衣，拎著深灰色手提箱，有的頭髮花白，但看上去氣質不凡，一看就是知識分子。又見林之揚和林振文快步迎上去同幾個老外握手，似乎很器重他們。

王植道：「這幾個外國老頭應該是工程方面的專家。」

姜虎問：「你怎麼知道？他們腦門又沒寫字。」

「你看他們提的手提箱了嗎？那種款式是德國博世公司內部配發的專用提箱，只有高級工程師級別的人才能使用，帶有指紋和聲控雙重密碼鎖，外殼用硅鈷合金製成，比塑料還輕。」王植回答。

「你怎麼瞭解得這麼清楚？」羅斯．高嚼著牛肉，含糊不清地問。

王植笑了：「七年前我在德國搞工程時見過。當時我非常喜歡，還想向他們要一只這樣的箱子，可他們說只有內部高級工程師才能用，箱內芯片已經固定燒錄了每人的指紋和聲帶，無法更改，即便給了別人也不能使用。」

第二十五章　密謀

宋越道：「他們應該就是境外財團派來的工程專家，幫助我們進行開掘施工定位的，聽說非常有經驗。」

話音剛落，大家只覺腳下開始微微顫動，似乎還有一種若有若無的聲音傳來。提拉潘大叫：「不好！地震了吧？」

宋越、王植他們也臉上變色，郎世鵬腦門見汗：「西安的地質板塊很穩固，沒聽說有過地震發生啊！」

還是提拉潘眼尖，他指著遠處叫道：「你們看，那邊有東西過來！」

郎世鵬舉起視得樂望遠鏡，邊看邊說：「我的老天爺，那是一台……不，是兩台盾構機！」

史林眼也尖，大聲說：「後面還有，好像是挖掘機！」

姜虎說：「還有三台鏟土機呢！看，還有裝載機，應該是個大型工程車隊。」

腳下的震動越來越大，眾人都出了辦公樓去看熱鬧，只見林振文、杏麗和陳軍等人早已等候在那高大白牆旁，兩名穿黑制服、頭戴黃色安全帽的工人手舉黃旗為工程車隊引路，車隊慢慢開到工廠大門處，幾名警衛小跑到大門兩旁站定，電控門開啟，車隊一路駛進來，最前頭是兩輛形狀古怪的機械，機身是一個巨大的金屬圓柱，直徑足有七、八米，最前端一圈圈、一排排密布著無數奇形怪狀的鋼齒，這些鋼齒外圈大、內圈小，個個鋒利非常，在陽光下閃著點點白光。

不知怎麼地，田尋立刻又聯想到當年在南海中遇到的那個巨大海怪奧特瓦，那傢伙的大嘴裡就是這種圈齒。

盾構機由二十輪裝載機牽引行駛，速度和蝸牛差不多慢，巨大的震動令人耳膜發脹，大腦發昏。兩台盾構機後面拉的是配套推進裝置和導軌，足足有半個多小時，這群龐然大物才從兩公里外開進工廠內。田尋暗想：聽林振文說是從上海購進的，這麼慢的行駛速度，從上海到咸陽也不知走了多久。

龐大的工程車隊順廠內水泥路面向西側駛去，一直開到山谷的白牆附近。林振文等人早等候多時，他向陳軍點點頭，陳軍走到白牆旁的黑色金屬門處，從小牛皮夾克口袋裡掏出磁卡插進門邊的一個方形金屬框凹槽中，「嘟」的一聲綠燈亮起，金屬框彈開，露出裡面的數字鍵盤，陳軍按了幾個數字，電機啟動聲響起，黑色金屬大門緩緩朝兩側開啟，最後完全縮進白牆內。田尋注意觀察，見白牆內是一片高聳起伏的山坡，抬頭望去至少有幾十米高，坡上雜草叢生，並無什麼冶煉設備，顯然是為了掩人耳目。

安全人員用手旗指揮盾構機、挖掘機和鏟土機等大型機械駛進門內後，陳軍再次按動電鈕，黑色金屬門慢慢閉合。

隨後林振文陪同幾位外國工程專家進了樓裡，由廚師特地烹製西餐招待，席間林振文親自作陪敬酒，十分恭敬。

王植在旁邊吃著麵包，酸溜溜地說：「簡直把他們當土地爺供了，有什麼了不起！」

宋越歎了口氣：「唉，人在屋簷下，不得不低頭哇……」說畢，喝了口茶水。

郎世鵬拍拍宋越的肩膀：「人家是施工專家，要按照圖紙標示出在什麼地方開始挖掘，可以說是萬里長征第一步，這步要是走錯那可就費神了，所以林先生才尊敬他們。等進了茂陵，還要靠咱們大顯身手。」聽他這麼說，宋越心裡才稍感平衡。

晚上七點，林振文召集所有人在辦公樓頂層最靠裡的祕密會議室開會，走廊由陳軍帶兩名心腹親自把守，禁止任何人員靠近，其他警衛人員則守在樓外，絕對保證會議的祕密性和安全性。

橢圓形紅木會議桌中除了田尋、郎世鵬等新疆之行原班人馬外，還有那幾位外國工程專家和坐在下首的十幾名身強體壯、雙目如電的男人，這些人高高矮矮、表情各異，還有的高鼻深目、卷髮黃毛，一看就不是中國人。

另有一名中等身材的消瘦中年男人坐在上首，這人左手夾著粗大雪茄，滿臉不在乎，右指間擺弄著手裡的都彭純18K真金打火機，不時彈開打火機上蓋，發出「鏘鏘」的清脆響聲，餘音裊裊綿長，從聲音判斷，這打火機應該是正宗的法國貨。

不知道這人為什麼如此一派輕鬆，他身旁坐著十幾名強壯男子，個個長相凶狠、目露精光，一看就是練家子。大家都悄悄側目觀看，不知他究竟是何方神聖。

林振文站起來，清了清嗓子，說：「各位，我很榮幸能與各位精英人士齊聚於此，先由我來為大家互相做個簡單的介紹。」

隨後，他將郎世鵬、王植、宋越和羅斯・高四位專家介紹給眾人，又簡單說了提拉潘、法瑞爾、史林和姜虎等人的身分。隨後以手示意坐在下首那些人說：「這十三位先生是美國的山姆先生為我們請來的各路高手，他們當中有槍械專家、格鬥高手、搏擊教練，還有摔跤冠軍和退役射擊冠軍，再加上日本忍術大師，他們都是精英中的精英，會給我們的茂陵計畫帶來極大幫助。」

這時，那擺弄打火機的人從鼻中哼了聲，似乎很是輕蔑。

一個滿臉橫肉的強壯男子嘴裡嚼著牛肉乾，看不慣他的嘴臉，狠狠瞪了那人一

第二十五章　密謀

眼：「你哼什麼哼？不服氣嗎？」

那人把打火機扔在桌上，道：「沽名釣譽、有名無實之輩我見得多了，不見得都有什麼真本事，無非是想騙幾個錢罷了！」

此言一出，不但那強壯男子動了氣，其他人除了聽不懂中國話的，也都怒目相向。那壯男一拍桌子：「你是從哪飛來的野鳥？」

這人還沒答話，他身邊幾人早已拍案戟指而罵：「你算個什麼鬼東西？敢在尤老闆面前撒野？」

強壯男子剛要站起來，林振文連忙道：「呂連常，不要無禮！這位是我們茂陽鋼鐵集團的合夥人——北京金春集團董事長尤全財先生！」

這叫呂連常的壯男傻了，他早聽人介紹過尤全財，他和林振文一樣都是出錢僱傭自己的東家，而且據說這尤老闆很有錢，財富不亞於林家。他乾咳幾聲，連忙道歉。尤全財也不說什麼，再哼了聲，又開始自顧擺弄打火機。

林振文繼續介紹道：「這位是呂連常先生，旁邊是他的四名手下，他們五人以前是緬甸最大販毒組織『沙佤拉聯合軍』中著名的叢林作戰專家，被大毒梟沙佤拉本人稱為『中國五虎』，同時也是他本人的貼身保鏢。」

第二十六章　六小組

呂連常面露得意之色，向大家點點頭。尤全財打了個哈哈：「沙佤拉這人我聽說過，是不是上個月被雲南解放軍在馬關街頭當場擊斃的那個？還上了報紙頭條呢，轟動全國啊，哈哈！」呂連常等人神色尷尬，乾咳幾聲以掩飾。尤全財繼續說：「看來你們這貼身保鏢的工作做得太不到位，僱主都死了，也難怪你們跑到這來混飯吃。」

呂連常聞言大怒，又要回罵，林振文用話打斷，指了指尤全財身邊的人說：「這十三位是尤先生的得力心腹，人稱『京城十三太保』，個個身懷絕技。」尤全財抬起左手，象徵性地揚了揚以示謙虛。呂連常氣得鼓鼓的，咬牙瞪著尤全財和他身旁的十三太保。

最後，林振文拍了拍田尋的肩膀，說：「這位是田尋，年輕有為的文物學者，同時也是我們林家的上門女婿。」

大家聽完均感驚奇。田尋心中的驚奇程度不亞於旁人，因為這是林振文首次正式承認自己是林小培未婚夫的身分。

第二十六章　六小組

人物介紹完畢，這時會議桌正前方巨大的投影屏幕上打出一張古怪的地圖。林之揚喝了口茶，站起來用教鞭指著地圖對眾人說：「各位，現在說正事，我們已經做好了一切準備工作，首先我們從上海購買了盾構機、挖掘機、鏟土機，又在國外訂購了衛星定位儀和激光導向儀等先進儀器，這些都是開掘茂陵能派上大用場的；其次，我們已經在三個月前聯繫了境外大財團，他們以境外投資、合作出口的名義專門開闢一條從咸陽到深圳、再經深圳直接出境的綠色貨運通道，這些火車和貨輪表面上是用來裝載鋼鐵的，實際則是用來運輸我們從茂陵發掘出來的文物珍寶，這條綠色通道全程免檢，萬無一失。

「最後也是大家最關心的，那就是運載最後一批文物時，在座的所有人都會隨同文物乘貨輪出境，我們會在西太平洋買下一座小島，到時候大家都是腰纏萬貫的億萬富翁，我們將在島上建立一個獨立王國，好好享受人間天堂般的生活！」

大家全都歡呼雀躍，尤其羅斯．高和提拉潘兩人比誰都興奮十倍。王植高興地說：「終於……終於盼到這一天了！」宋越流下眼淚，低頭用手帕偷偷擦拭。

林之揚繼續道：「現在大家從屏幕上看到的這張地圖，就是三年前我從天馬飛仙底座中得到的布帛地圖，繪製者已無從考證，推測應為西漢官員張湯，此人是當時督建茂陵的總指揮。此張地圖是茂陵的建造平面圖，不知基於何種考慮，地圖只繪出陵墓地下部分外牆、水道、金剛牆和祕道的位置，而陵墓內部結構只是簡單繪出了通道線條，而機關設置、墓室用途等卻付之闕如，這對我們進入茂陵後的工作帶來了些困難。」

郎世鵬笑了：「這有何難？在座的都是各方面的頂尖專家，到時候就靠我們了！」

林之揚也笑著道：「沒錯，這也是我請各位來這裡的原因。現在我們有從德國請來的優秀工程專家，還有歷史專家、心理學家、古建築學家、寶玉石專家、天文學家和槍械武術專家，可以說精銳盡出，必定無往而不利，今天就先請幾位工程專家為我們分析一下這張布帛地圖，當務之急就是先找出茂陵在修建時留下的祕密暗道，宋先生，這張地圖你已經和郎先生研究了三個月，現在有什麼看法？」

宋越推了推眼鏡，首先發言道：「這些天我倆都在潛心研究這張布帛地圖，從陵墓線條和地下水位置來看，這地圖畫得相當準確，你們看，陵墓地下附近共有三條地下水線，分別屬於涇河、渭河跟石川河的支流，它們都剛好經過茂陵，這三條地下水和現在咸陽市的水位圖幾乎沒什麼差別，像衛星勘測的一樣，西漢時期的布帛能畫得

第二十六章　六小組

這麼精準，相信絕非常人能為之，只有為皇帝做事的人才有這等本事。」

旁邊有翻譯將宋越的話譯成德語給那幾位專家，專家們紛紛點頭。

宋越繼續道：「另外從布局來看，整個陵墓外形呈『鼎』字形，下部通道眾多並且互相聯通，應該屬於某種迷宮一類；而上部也就是地宮呈長方形，共分三層，最內層應該就是槨室了。按古籍記載，一千年前就有好幾伙盜賊把茂陵洗劫過，相信外層通道內的文物已經很少了，我們的目標就是內層的地宮，這地宮想必安排有重重機關，所以呂布、黃巢的軍隊也只能搜刮外圍的一些財寶，他們很可能根本沒找到地宮入口。」

王植插言：「聽說當年黃巢的軍隊有十幾萬人，搬了半個多月，那麼多士兵難道還搞不定一個陵墓？就算用人肉去堆，早晚也進到地宮裡了！」

宋越笑了笑，剛要說話，只聽「鏘」的一聲，打火機彈蓋聲又響起。宋越心裡不高興，他頓了一頓，繼續道：「有些機關光靠人力是無法解決的，那時社會落後，還沒有TNT炸藥之類的猛物，想破堅固的機關只能用簡單工具去挖。以唐朝武則天的乾陵為例，先用八千多根石條砌了墓道，用燕尾形鐵栓板加固，再在石條上澆三合土，最後穿孔灌鑄鐵水。民國時孫連仲用TNT炸了三天也沒炸開，更別說數朝之前的呂布和黃巢軍想進入茂陵地宮了。」

大家都點頭稱是。郎世鵬也說：「宋先生說得對，茂陵是傾西漢三分之一國力修建的陵墓，必定比乾陵更大、更複雜，所以地宮極有可能沒被打開過。」

林之揚微笑著喝了口茶，道：「你們分析的和我完全相同。」

郎世鵬也說：「當然，最有價值的就是那條祕密暗道。大家都知道茂陵現在是國家一級保護單位，無論從正面墓門還是側面、後面都不能下手，而這張布帛地圖上標示出了一道直接通至地宮外牆邊的暗道，這通道離地宮羨門甚遠，不在正面、也不在背面，卻是在右後側，而且呈斜向三十三度，這個角度非常怪異，暗道的外出口離石川河地下水線非常近，大家可以看一下。」

眾人的目光都集中在投影屏上的布帛地圖中，果然看到有一條用紅線標注的通道從鼎字形墓道地宮的邊緣一直通到陵墓外的石川河。

郎世鵬道：「最開始我們的預想是直接通過河底開掘至暗道處，這個辦法雖然簡單省力，但到那時河水會迅速倒灌至暗道內，要知道石川河跟渭河是相連的，一旦灌進去河水，不出幾天有十個茂陵也裝滿了，我們又不是人魚，不方便做水底下活。」

眾人哈哈大笑。

羅斯．高有點不耐煩：「老頭，你囉唆了半天，到底想說什麼？」

郎世鵬面有慍色，但沒說什麼，乾咳幾聲道：「所以經過我們幾個月的測算，將鋼鐵廠址選在這附近，一來這裡土質較薄、石礫量小，盾構機的鋼齒工作時會省些磨損；二來附近荒涼無人居住，也少了很多不必要的麻煩，現在就差確定出一個最佳挖掘地點和角度了。」

宋越和郎世鵬這邊說著，那邊幾名外國專家也早已分別打開自己的那口專用手提箱，露出裡面的筆記本電腦，他們把布帛地圖繪入地質勘測軟體中，隨後接上壓力感應觸筆，再導入興平市地質形態和水文數據，開始緊張地測算挖掘地點與角度，邊測算邊互相研究著什麼。

這空檔裡，呂連常笑著找話題問：「林老闆，不知道你都買了些什麼趁手的傢伙？在座的都是行家，我們可只認歐美貨，AK47加五四式手槍咱們可用不慣！」大家都笑了起來。

林振文也笑了，他向提拉潘一使眼色，提拉潘拿過桌上的文件，道：「自動武器方面，我們配備了美製M4A3突擊步槍，手槍是史密斯韋森M6904自動型，並以雷明頓870泵動霰彈槍和貝雷塔衝鋒手槍作為輔助裝備。另外還有照明彈、閃光彈、高爆炸彈和高濃縮TNT塑性炸藥。輔助設備方面除了紅外夜視儀、強光戰術手電筒、紅外準星和榴彈發射器，還有雙彈匣套和5倍光學瞄準鏡，再配上防彈背心和無線分組對講定位儀，夠用嗎？」

呂連常嘴裡的牛肉乾差點掉出來：「我說泰國哥們，你不是在耍咱們吧？」

「我可沒這個興趣。」提拉潘把清單順桌面滑至他面前。

呂連常連忙拿起清單仔細看了一遍，不由得哈哈大笑：「太棒了！沒想到居然給我們弄了這麼多帶勁的傢伙，林老闆，您可真夠意思！」

杏麗為林振文點燃了一根煙，笑道：「採購這麼多好武器可不是給你們過癮玩的，主要是保護好我們的安全，畢竟這可不是旅遊！」呂連常看著漂亮的杏麗，眼神色瞇瞇的：「沒問題！我這人最大的愛好就是保護美女，因為我一看到漂亮女人就渾身來勁，哈哈哈！」好多人也跟著壞笑起來，包括尤全財笑得更加下流。

林振文嘴角撇了撇，眼中閃過一絲怒意。杏麗卻笑吟吟地看著呂連常，似乎絲毫沒生氣。尤全財抬眼皮看了看呂連常，眼神中也有了微妙的變化。

尤全財身邊一人開口道：「林老闆，我有個疑問，為什麼你們採購的都是美製武器而沒有歐洲貨？比如德國HK公司的G36系列突擊步槍或MP系列衝鋒槍？是不是錢

第二十六章　六小組

不夠，買不起啊？」

此言一出，眾人皆竊笑。林之揚臉色一沉，心中頗為不悅。林振文連忙道：「我們與美國的山姆先生關係很好，他在美國南部邊境幫我們採購了這些裝備，所以優先用的都是美製武器。各位放心，這些槍都是上等貨，絲毫不比歐洲武器差。」那人聽完輕輕點了點頭。

提拉潘又道：「所有物品都存放在西側地下倉庫裡，到時候我會發給各位武器裝備。現在我來分配一下隊伍：我們共有三十六人受過特種訓練，其中尤先生帶了十三人，呂連常先生手下有四人，山姆先生給我們介紹了十三位各界武術精英，再加上我、史林、姜虎、法瑞爾和陳軍剛好三十六位。每六人分一組，就是六個小隊，每隊設隊長一名，其他五人必須無條件服從隊長指揮，而六名隊長則由林教授、林振文全權調動，不得違抗。」

這下尤全財有點不高興：「喂，泰國小黑個兒，我手下的這十三個哥們可都是響噹噹的人物，他們只聽我的，憑什麼也讓林老頭指揮？」

林振文連忙打圓場：「尤老闆，你多慮了。我們只是基於統一步調的考慮，並不是非要指揮誰，這盜漢計畫是件冒險差事，小有閃失就可能傷及性命，所以……」

「好了好了，我知道。」尤全財打斷道，「到時候大家一塊行動就是了，別像遛傻小子似地耍我們玩就成。」

大家都笑起來。一個皮膚黝黑得像剛果人的傢伙開口問：「我有點不明白，咱們不就是來盜一座墓嗎？還用得著這麼大場面？這裡的人和裝備足夠打一場小型阻擊戰了，有點太小題大作吧？」

林振文道：「秦龍先生，剛才宋教授已經說過了，茂陵是中國三大陵墓之一，堅固無比，內部也肯定非常複雜，當年幾萬人的軍隊都可能沒進到地宮裡，更何況我們這幾十人。雖然幾千年過去了，可裡面的很多機關埋伏極有可能仍然有效，所以我們一定要做好打攻堅戰的準備，萬不可掉以輕心。」

那叫秦龍的撇了撇嘴，臉上表情顯然很不以為然：「那為什麼還要分成幾隊？」

提拉潘又道：「那地圖上畫得很清楚，這個茂陵內部會有非常多的通道迷宮，到時候我們也許要分兵幾路來搜索地形，所以必須做好分頭行動的準備。」

呂連常又問：「然後呢？」

提拉潘說：「每人都裝備長短武器、軍用匕首和無線對講機，每小隊配給GPS定位儀和TNT、手雷等物，一旦需要分隊搜索時，具體這樣安排：林教授、林先生，跟

第二十六章　六小組

隨由史林帶領的第一分隊，其他五名隊員從山姆先生介紹的十三人中隨機挑選；郎教授和田尋跟隨姜虎的第二分隊，也挑五人入組；宋教授、羅斯·高跟著呂連常和他的四名手下，再加上我的第三分隊；王植教授同尤先生帶領的十三人分成兩小隊共同行動，杏麗女士、陳軍、法瑞爾和其餘三人組成第六小隊。具體行動路線視陵墓布局而定，到時哪一隊先找到地宮入口，五隊再集合到一處。」

王植問：「我們所有人都進去，外面不留人駐守嗎？比如杏麗女士和林小培兩位女性可以留下來看家，另外，林教授年紀大了，沒必要跟著我們下去冒險，可以留在外面坐鎮。」

「不行！」林之揚立刻說，「我是必須要進去的，親眼目睹漢武帝的金棺銀槨是我畢生之夢想，如果只有一個人可以去茂陵，那也只能是我，杏麗和小培可以留下處理事務。」

杏麗看了看林振文，笑著說：「我和振文一向是形影不離，我老公去茂陵探險，我這個做妻子的，說什麼也沒理由留在外面躲清閒啊！」

林振文心中一陣溫暖，不由微笑著看她。呂連常和身邊人互相看了幾眼，也都搖搖頭表示沒有意見。

大家又研究了一會兒行動方案，忽然有個德國專家大聲連叫，雙臂高舉，面帶喜悅。眾人都嚇了一跳，以為這老外得了狂犬病。旁邊的翻譯面有喜色：「林先生，庫格教授已經計算出了最佳挖掘地點和角度，您來看看。」

杏麗將投影儀數據線接駁至德國專家的筆記本電腦的IEEE火線接口，電腦屏幕圖像被即時傳送到投影儀中，打在牆壁的投影布上。

眾人連忙定睛觀看，見屏幕上是一組三D立體的茂陵結構全圖，隨著德國專家手指移動電腦觸控板，立體結構圖也跟著改變角度，鼎字形的陵墓結構一覽無遺，非常壯觀，尤其是那條祕密暗道，從「目字形」地宮邊緣一直斜伸至一條地下河道內。這暗道呈之字形向上延伸，像個長長的階梯。

德國專家用感應觸筆在觸控板上邊畫邊講，旁邊的翻譯同聲傳譯：「茂陵位於興平市西北四十二公里處，鋼鐵廠在興平市以西偏北六度，距茂陵地宮直線距離為五點五公里。而這條地下河道屬於石川河第六支系，暗道與河道的交匯點距離地表十五點四米。最快捷的方法是沿土層地質分界線挖溝到河道內，然後順河道游至暗道出口處爆破進入暗道。但這樣風險太大，有河水倒灌墓道的危險。因此，為達到萬無一失，電腦計算到一處山體內應該有個地質斷層點，這個斷層點是由於石川河地下河道長時

第二十六章　六小組

間流動衝擊、水壓不斷帶動周圍的礫石和泥土隨河水流失，因此在它的正上方就形成了一個沉積層，這個沉積層位於山體腹內四十米左右，位置大概在這裡。」

德國專家用觸筆在山體內畫了一個小圈，隨後又用一條水平線連到山體之外，繼續說明，翻譯同聲傳譯：「我們用盾構機從這裡開掘，掘進四十米之後就可以用地質化驗儀測出泥土密度和濕度差，從而找到斷層點的準確位置，這個斷層點土質疏鬆，你們購買的隧道鑿岩機應該足可對付。」

「然後呢？再豎直向下挖？」林之揚急切地問。

第二十七章　斷層點

「Nein, Nein!」德國專家一著急，直接說開了德語。隨後翻譯繼續譯道：「豎直向下挖會造成隧道兩側壓力過大，很容易塌陷，最穩妥的方法是呈Z字形向下旋轉挖掘。」畫面上同時出現動態的挖掘路線。

林之揚忍不住站起來：「那不是要費更大的力氣和時間？」

翻譯說：「這樣是最穩妥的方法，因為我們到時候是要在隧道內安裝滑動鋼軌運送文物，如果豎起挖掘，到時候一旦隧道坍方，又找不到更好的挖掘點，反而會更耽誤時間，當然，這是我們的意見，最終決策權在你手中。」

幾名德國專家把該說的都說了，現在一齊看著林之揚，其他人也一樣。林之揚只考慮了不到半分鐘就點頭答應，德國專家大喜，連忙用觸筆確定了盾構機進掘山體的具體施工點，然後再畫出Z字形掘進的具體線路，這條線路說白了就是一根立著的彈簧，盤旋向下約十五米深，最後直達祕密暗道總長度的三分之二處。

郎世鵬看著投影布上的圖紙，問：「你敢肯定這山體內四十米處有個地質斷層點？咸陽的地質紀錄中並沒提到過這一點，而且據我瞭解，這一帶的地質斷層點很少有在地上的，大部分都在地下。」他是地質學家，對德國專家的這個方案不太認同。

尤全財也說風涼話：「就是！我投了好幾億，就是希望速戰速決，進到茂陵裡頭去搞文物，你這不是脫褲子放屁——費兩遍事嗎？別忘了這布帛地圖可是我提供給你們的，再這麼胡搞，我可要收回了！」

他擺出一副大東家的嘴臉來，似乎已經忘了布帛地圖是他從林之揚家中搶去的，好像生來就歸他所有。林之揚輕輕哼了聲，並沒說話。

翻譯連忙補充：「這是由目前世界上最先進的地質模擬軟體計算出來的結果，這套軟體由德國漢堡國家地質學院的超級計算機應用程序國家中心開發，世界上只有不到五十個人有使用權限，其中就包括我們三人。它可以透過互聯網隨時更新由世界頂尖專家聯合開發的數據庫，能準確計算出四百萬年左右的地質變化，正確率可達百分之九十八點五。」

此言一出，舉座譁然。林之揚用拳頭一捶桌面：「好，就按電腦計算的結果施工！」

話剛說完，忽然門開了，有人裹著一陣風闖了進來，大聲道：「憑什麼不讓我進來？」

林之揚怒火上撞，心想陳軍真是廢物，怎麼讓人隨便闖進會議室？又是哪個吃了豹子膽，說話這麼衝？剛要開口罵人，一看來人卻傻了眼。

說話這麼衝的原來是林小培。

在座的人都面面相覷，不認識這位漂亮小姐是何方神聖。林小培大大咧咧地來到林之揚面前：「你們在搞什麼鬼？神神祕祕的，還不讓我進來。」

林之揚是真生氣了，他揚起手就要打，林小培把臉一橫：「幹嘛？欺負了我，還要打我？」

看著女兒這張渾不講理的臉，林之揚手在空中停了半天終於沒落下，從牙縫裡憋出一句：「給我老老實實坐下！」

林小培笑嘻嘻地在田尋身邊坐下，田尋不禁低聲問：「妳怎麼來了？」

「咦？我怎麼就不能來？」林小培東張西望地看著周圍這些人，發現多了不少生面孔。像郎世鵬、宋越、提拉潘他們林小培都認識，從新疆回來後這批人就一直待在咸陽城堡別墅，林小培經常來玩，慢慢也就混熟了，可其他人卻沒見過。呂連常一見到青春靚麗的林小培，眼珠子都直了，他涎著臉笑道：「哎呀，這位漂亮小妞貴姓大名？」

「你是幹什麼的？」林小培沒給他好臉色，沉著臉反問。這姓呂的笑著說：「我叫呂連常，妳就叫我呂哥吧！」

林小培哼了聲沒理他，從提包裡掏出手機，給田尋看她這幾天出去玩時拍的照片。

呂連常問：「小姐，妳還沒回答我的問題呢！貴姓大名啊？」

「我什麼時候說過要告訴你名字？」林小培僅用眼角瞥了瞥他。

呂連常哼笑了聲：「小姐，這麼有個性？我喜歡。」

「你算幹什麼的，用得著你喜歡？」林小培生氣了。

呂連常有點下不來台：「不告訴就算了，哪這麼多廢話？」

林小培冷笑道：「瞧你那名字起的，和你現在的表情一樣。」

「什麼表情？」呂連常不解地問。

「驢臉長啊，哈哈哈！」

大家哄然大笑，都去看呂連常的臉。呂連常再也按捺不住，他「啪」地用力一拍桌子站起來，指著林小培罵道：「臭娘們，給臉不要臉是嗎？」

林之揚臉上罩了層青霜，林振文斥道：「呂連常，你說話注意點！」

呂連常不服氣，剛要開罵，田尋很討厭這人素質低下，但又怕越鬧越亂，於是冷冷地說：「呂先生，這位就是林教授的女兒林小培！」

呂連常聞言大驚，登時把要罵的話硬吞進肚。身旁有人輕輕拉他衣襟，小聲道：「呂哥，快別說了，先坐下！」呂連常支支吾吾地坐下，心裡既尷尬又憋氣。

林小培好像什麼都沒發生，笑著問：「你們在聊什麼啊？看上去挺熱鬧的，還有外國人。」王植見氣氛有點尷尬，連忙打圓場道：「大家都是朋友，為同一目標聚過來的，不要傷了和氣。」

呂連常順便轉移話題，嘿嘿笑著問：「這位先生貴姓？聽口音好像是湖北人。」

王植笑道：「沒錯，我是湖北宜昌人。」

呂連常哦了一聲：「宜昌我知道，就是中國發射火箭的那個基地吧？」

「那是西昌。」王植苦笑道。

呂連常有點尷尬：「哦，不好意思記錯了……對了，是出紫砂壺的地方，肯定是！」

王植哭笑不得：「那是宜興。」

第二十七章　斷層點

呂連常有點蒙了：「那是……是出五糧液酒的！這回準沒錯！」

王植面無表情：「那是宜賓。」

周圍好幾人都在低頭竊笑，呂連常臉漲得像紫蘿蔔，他還要說什麼，林振文都嫌丟人，連忙出言打斷：「好了各位，今天會議到此結束，大家各自回房間休息聽候命令，這段期間不得擅自離開鋼鐵廠大門。」

大家都陸續起身離席。林小培覺得索然無味：「真沒意思，我一來就散會。」她拉著田尋就往外走，林之揚過來斥道：「妳這丫頭怎麼毫無禮貌？真是讓我給慣壞了！」

林小培笑了：「既然知道是你慣壞了我，還怪得了我嗎？」說完和田尋出了會議室。林之揚氣得直運氣，卻也沒辦法，連忙吩咐派專人暗中嚴密監視兩人的行動。

院子裡林小培和田尋四處蹓躂，那些穿黑工作服的警衛人員不敢阻止，又不能離開，只得遠遠跟著。林小培問：「聽二哥說從今天開始我都要待在這裡，這是為什麼？什麼時候才能離開？這裡又破又冷，一點也不好玩！」

田尋心想這林氏父子也夠保密的，盜漢計畫連林小培都不知情。他一面敷衍說是林氏父子要在這裡監督建廠，怕她自己在家裡胡鬧，一面帶著她四處閒逛，當然主要目的是瞭解這裡的地形和設施情況。林小培果然是尚方寶劍，一路上不管去哪都沒人敢問。

田尋故意來到西側辦公樓，見樓外有兩個警衛人員把守，他對林小培說：「這裡不知道是什麼地方，平時神神祕祕地也不讓人進。有一次我路過，看到兩名警衛把守著一扇大鐵門，裡面肯定有好玩的東西。我們要去看看嗎？」

林小培生性最好奇，連忙答應。兩人走進樓裡，警衛人員似乎都認識林小培，也沒阻攔，走廊盡頭有一扇漆著黑、黃相間斜向條紋的黑鐵門，大門緊閉，兩邊各有一名配槍黑衣警衛看守。

田尋說：「妳看，就是這扇門，可他們戒備森嚴，恐怕不會讓我們進去，咱們還是走吧！」

林小培最受不了激將法，她怒道：「憑什麼不能進去？這裡整個工廠都是我林家的，今天我非要進去看看不可！」說完，就拉著田尋朝鐵門處走去。

兩名警衛正在站崗，見有生人走近，連忙拔出手槍厲聲問道：「是誰？有什麼事？」

田尋還在思考著藉口，林小培卻直接講：「沒事過來轉轉。這門裡是什麼？我要進去看看。」說完就伸手去拉門。

有個警衛眼尖，看林小培眼熟，試著問：「您……您是林小姐吧？」

林小培應道：「嗯，你認識我。快把門打開啊！」

那警衛嚇得差點尿褲子，連忙賠笑：「林小姐啊，您可千萬別開這種玩笑，這是裝備倉庫，是林先生親自下命令要嚴加看守的重地，我可不敢……」

林小培立刻擺出小姐架勢，她用手連點這警衛的腦門：「什麼林先生？不就是我二哥嗎？我來看看這裡的東西有什麼不行？要不要我把二哥叫來給我說情？」

那警衛被點得腦袋嗡嗡直響，旁邊另一個警衛連忙悄悄衝他使眼色，賠笑道：「林小姐說哪裡話？您來和林先生來有什麼區別？我現在就給您二位開門，請稍等，稍等。」

還是這人會察言觀色，他手腳俐落地掏鑰匙打開鐵門，回頭對林小培和田尋說：「林小姐，這裡面存放的都是重要物資，還有炸藥，您隨便看看就行了，千萬別亂動，行嗎？」

「這還用你說？」林小培杏眼一瞪，「我還不知道炸藥會響？才懶得碰呢！」說完，拉著田尋走了進去。

鐵門裡是幾十級向下的台階，盡頭處又是一扇鐵欄門，左右各有持槍警衛，見林小培兩人走進來，警衛臉上表情十分疑惑。林小培懶得和他們多對話，直接開門見山：「我是林小培，想進去看看，快開門！」

兩警衛面面相覷，其中一人摸了摸左肩別著的對講機，另外那位卻輕輕衝她搖搖頭，賠笑道：「林小姐，幸會幸會！只是我倆有重任在身，沒有林先生授權的密鑰卡是不能進入的。」

「我也不能進嗎？」林小培有點惱怒。

這警衛無奈道：「林小姐，這是林先生下的死命令，要不，我用對講機和陳軍陳大哥通一下話，問問林先生，只要他口頭同意，我也可以為您開門。」

田尋怕把事鬧大，連忙說：「算了吧，小培，估計這裡也沒什麼可看的，我們還是走吧！」

林小培哼了聲，衝那警衛說：「你等著，看有機會我不收拾你！」說完兩人出樓而去。那警衛心裡窩囊得要死，心想：我招誰惹誰了，憑什麼收拾我啊？

兩天後。

第二十七章　斷層點

晚上九點鐘，鋼鐵廠內探照燈高高照射，幾十名穿工裝的工人在燈光映照下來回穿梭、忙碌奔跑，甚是緊張。陳軍開啟了白牆內的黑色金屬大門，盾構機在戴著黃色安全帽的工程人員引導下，沿白天就鋪設好的鋼製導軌緩緩駛進白牆，液壓推進器隨後也駛入。盾構機在山坡前停下，液壓推進器對準探入盾構機殼體內，並與殼體和基座鎖牢。德國專家在旁邊傳授翻譯指揮校正操作方位，翻譯再傳給施工人員。

四個大型探照燈在工人操作下掉轉燈頭，全部射向白牆內山坡，將施工地帶方圓百米之內照得亮如白晝。最後工程施工長一聲令下，電工將大型變電箱內的電閘合攏，盾構機馬達啟動，轟鳴聲低沉響起，越來越大，最前端的多層鋼齒刀盤開始緩慢轉動，當刀盤轉數達到每分鐘兩轉時，液壓推進器開始工作，德國專家告訴施工長，將推進力控制在六百五十噸左右，只聽刀盤切碎山石發出低悶的咔咔聲，切下來的碎石由收集裝置傳送到盾構機尾部的運輸槽中，槽體下早有康明斯重型卡車尾朝後等著，裝滿碎石後再駛向後山卸掉碎石。

林之揚精心醞釀幾年之久的「盜漢計畫」終於正式拉開帷幕。

這種盾構機的推進速度是二十五分鐘一米，也就是說，要想推進至四十米處得用近十八個小時，而盾構機的刀盤鋼齒大約能工作五百米。施工緊張而有序地進行著，羅斯．高、史林他們看得無趣，陸續都回房間睡覺去了。

林氏父子和陳軍都不敢休息，在現場緊張地監督施工。二十多輛康明斯重型卡車如穿花蝴蝶，流水作業般向鋼鐵廠後山運輸碎石。後山早挖好一個巨型大坑用來裝填碎石。

轉眼到了第二天晚上，盾構機已累計工作了十七小時，施工人員在挖掘好的隧道外壁鋪設弧形鋼樑和枕木以防止隧道變形，再引進電線在隧道頂部安裝防爆燈，最後插上電子浮標，德國專家坐在白牆內臨時搭建的雙層帳篷裡，透過無線衛星電腦接收電子浮標的數據，在屏幕中清楚地顯示出挖掘隧道的角度、長度等立體畫面。

林之揚有些焦急，不停追問是否挖到了地質斷層點。德國專家只是連連搖頭，急得林之揚邊歎氣、邊在帳篷裡轉圈。

這時從帳篷外進來一工人，林之揚見是施工長，連忙上去問：「怎麼樣，挖到斷層點了嗎？」

施工長說：「還沒有，後廠院那邊給消息說填碎石的大坑快滿了，恐怕跟不上康明斯卸車的進度，問我們怎麼辦。」

林振文立刻用無線對講機通知陳軍。陳軍回答道：「老闆，我們有十幾輛鏟車，

第二十七章　斷層點

可以多叫人手開鏟車去幫忙，把坑挖大一些！」

林振文道：「叫保安組長張一興去把所有的工人都叫來！」

「張一興腿斷了。」陳軍說，「現在正在房間裡養傷，不能下地。」

「怎麼搞的？」林振文有點意外。

陳軍道：「昨天中午林小姐要開車出廠院去兜風，剛巧那天是張一興當班，死活不放行，小姐發了火，開車硬撞，結果把他的小腿給撞斷了。」

林振文大怒：「這麼大的事怎麼沒人告訴我？」

陳軍乾咳一聲：「撞完了人林小姐也有點發蒙，叫我們別告訴你和林教授，張一興的位置暫時由副組長舒大鵬代替，我這就去通知他。」

「那就快去！」林振文火不打一處來，狠狠把對講機扔在電控箱上，「真是他媽慣出來的活奶奶！」

林之揚問道：「怎麼回事？」

林振文把事一說，林之揚不以為然：「又沒撞出人命，養好傷就是了，你剛才說是慣出來的，是在說我吧？」

林振文連忙道：「不不，我哪敢說您？這臭丫頭都是我平時給慣的，以後我要改變態度，不能讓她再這樣了，太耽誤事。」

林之揚重重哼了聲，轉過頭去不再理林振文，和德國專家透過翻譯繼續談話。林振文在背後狠狠瞪了他一眼。

陳軍通知保安組副組長將工廠各處工人和警衛人員全都調集到工程現場幫忙，只留下把守鋼鐵廠大門和倉庫的警衛。

「呼啦」一聲，帳篷被人撩開，施工長又闖了進來。林振文頭也沒抬，問：「調了多少人？」

施工長高興地叫道：「林先生，挖到斷層點了！」

「什麼？」林之揚呼地站起來，衣襟刮倒了桌上的紫砂壺，茶水灑了滿地，他也毫不理會，繼續追問：「到底什麼情況？」

施工長說：「盾構機排出的土質有了變化！」

郎世鵬馬上站起來，拿著地質檢測儀說：「我去看看！」他是地質學家，這時候正是用他之際。出去沒幾分鐘他就折回來了，表情異常興奮：「從土質來看應該是細砂岩層和青砂岩，比之前的玄武岩層密度和強度都小好幾倍，肯定是個地質斷層點無疑！」

第二十八章　TNT炸藥

翻譯立刻把情況告訴德國專家，專家在電腦上計算過後得出結論，再推進三米之後就可以斜向下螺旋挖掘。林振文立即命令施工長將五輛履帶式隧道鑿岩機全部開來準備開鑿。

盾構機完成了使命，緩緩由導軌後退出山體，兩輛隧道鑿岩機一先一後駛入隧道，開始按德國專家給出的精確角度向下挖掘隧道。

一連三天，都是白天清運殘土，晚上十點鐘之後才開始施工挖掘，駕駛鑿岩機的司機都戴著呼吸過濾器以防窒息。性能優異的德國生產的隧道鑿岩機果然不凡，三天內就已經由地表面向下挖了六十多米，從電子浮標發回的數據來看，隧道的形狀呈標準的阿基米德螺旋形，旋心並非垂直，而是與地表面有十二度的傾斜角。施工人員隨即在挖出的隧道底部安裝工字形鋼軌，以利日後運輸軌車行駛。

這幾天田尋無所事事，只是晚上沒事時在施工現場周圍轉來轉去，假裝看熱鬧，其實是探聽虛實，看他們究竟用什麼方式動手。見工人們都忙得熱火朝天，田尋表面輕鬆自在，心裡卻急得要死。因為趙依凡在電視上暗示他發出訊號到現在已經快一週，這段日子既無手機、電話可用，也不能自由出入工廠，這訊號該如何往外發送？他心中如熱鍋螞蟻一般，急得來回亂轉，也想不出什麼好主意。

田尋忽然心生一計，他想到了林小培。

四下觀察，見林氏父子他們都在帳篷裡忙著和德國專家溝通，也根本沒有別人盯著自己，於是他假裝無聊四處溜躂，慢慢朝辦公區走去。

施工區距辦公區有兩、三百米距離。

林家四口住的這間辦公樓只有兩層，與田尋他們居住的辦公樓遙遙相對，平時樓外有兩名警衛看守，而現在警衛人員也都被抽調到施工現場去幫忙了，樓外空無一人，四下裡暮色沉沉，只有樓門處的防爆燈靜靜亮著。

田尋抬腕看看錶，已近十一點鐘，估計杏麗和小培早就睡覺了。他輕輕推門進去，悄悄往二樓走。

走廊裡亮著淡淡的燈，田尋信步向左拐去，正在他左顧右盼、不知哪個是林小培的房間時，忽然眼角發現似乎有個人影從右面走廊迅速拐下樓而去。田尋一驚，立刻快步跑到樓梯處向下看，卻只看到那人的後背，依稀覺得有些眼熟，卻又想不起來。

第二十八章　TNT炸藥

「你在這幹什麼呢？」

在他狐疑時，聽身後有人冷冷說道。

田尋連忙回頭，卻是杏麗。只見她波浪長髮散落雙肩，上穿一件極性感的酒紅色真絲吊帶睡裙，V字形低胸蕾絲花邊，豐滿的乳房呼之欲出，睡裙下襬也很短，露出了兩條修長白嫩的大腿，腳上是一雙大紅絨布拖鞋，整個人帶著三分懶散和兩分嫵媚，非常迷人。

田尋臉有點紅了，囁嚅地說：「嗯……我是想來看看小培睡了沒有……」

杏麗看著他的表情不由笑了，嘴角略帶一絲輕蔑和調笑意味：「這麼晚還找小培，是不是想打什麼歪主意？」

「不不不，我沒別的意思。」田尋連忙解釋，「就是有點睡不著，想和她聊聊天而已，真的！」

「那你怎麼不找我聊天？」杏麗笑道。

田尋蒙了，不知怎麼回答：「這個……我……我不知道妳也住這兒……」

「哈哈哈！」杏麗笑得花枝亂顫，「你個死小子，還真想找我？逗你呢！小培肯定已經睡著了，那個超級懶蟲，你還是別打擾她。」

田尋歎了口氣，剛要說什麼，隔壁房門被推開，一個脆生生的聲音傳出：「誰說我是超級懶蟲？」兩人回頭望去，見林小培穿著一身純棉碎花睡衣走了出來，懷裡還抱著一隻毛茸茸的玩具大笨熊。

「妳……怎麼還沒睡？」這回輪到杏麗意外了。

林小培哼了聲：「我要是睡了，就聽不到你們在背後說我壞話啦！」杏麗和田尋都笑了，田尋道：「我先聲明，我可什麼都沒說。」

杏麗欣賞地看著田尋：「你見風使舵的水平倒不錯。」

林小培笑嘻嘻地走到田尋面前：「找我有什麼事呀？」

田尋看了杏麗一眼：「嗯……外面都在忙活施工的事，聲音太吵，我也睡不著，想和妳出去走走。」林小培十分高興，馬上道：「好呀，我去換衣服！」話還沒說完，人已經回房間了。

杏麗慢慢來到田尋跟前，眼睛緊盯著田尋的臉：「你小子究竟在搞什麼鬼主意？不過你不用對我說，我也沒興趣，只要不把剛才的事說出去，你幹什麼都和我無關。」

說完，杏麗意味深長地看了田尋一眼，轉身回房間關上門。

第二十八章　TNT炸藥

田尋心下起疑，百思不得其解。正在疑惑間，林小培換好衣服出來了，挽著田尋胳膊就下樓。

出了樓時夜已很深，冷風陣陣吹過，還真有點涼颼颼的。林小培冷得抱著胳膊直哆嗦：「這麼晚了我們去哪玩呀？這裡真沒意思，到處都是無聊的廠房呀、鋼鐵呀什麼的，還不讓我出門，真悶死了！」

田尋道：「我知道有一個好地方。」

「什麼地方？」林小培連忙問，「在哪裡？」

田尋說：「還記得前幾天我們去的那個地下倉庫嗎？裡面肯定有好多好玩的東西，可惜那裡的警衛不讓人進去。」

林小培問：「聽我二嫂說今晚在施工，大家都很忙，所有的工人和警衛人員都去幫忙了，估計那裡也沒人了吧？」

田尋搖搖頭：「不會的，那裡是倉庫重地，肯定會有警衛留守。看來妳也沒什麼好辦法，唉！」他假裝無奈地歎著氣。

林小培漲紅臉，她最聽不得這種話，立刻說：「走，我才不信有人敢攔我呢！」

田尋心裡竊笑，他要的就是這句話，同時也隱隱覺得自己有點無恥，這算是一種利用嗎？

倉庫所在的辦公樓在辦公區域西面，來到樓門口處，鐵門前竟然沒見有警衛站崗，林小培奇怪地道：「咦？那天的兩個白癡呢？」

田尋道：「可能是人手不夠，他們也被抽調去幹活了吧！」

林小培笑了：「那才好，免得有人跟著亂摻和。」上去一推，鐵門應聲而開，竟是虛掩的。走出台階來到鐵柵欄門處，兩名持槍警衛正吃著巧克力聊天，忽然聽見有人下來，立刻藏起手中的巧克力站直。林小培故意板著臉問：「你們在偷吃什麼？」

一警衛規規矩矩答道：「林小姐，我們在吃巧克力，因為人手不夠，晚上沒人接班，我們都沒吃晚飯。」

林小培哼了聲：「怪不得我房間的巧克力這幾天一直丟，快說，是不是你們偷的？」

兩警衛冤出了大天，連忙辯解：「不是不是，真的不是啊！林小姐，這巧克力是統一採購來的，不信您去問陳軍……」

林小培是存心逗他，嘻嘻笑著說：「算啦，偷就偷了吧，也不是什麼值錢東西。說來你們也夠辛苦的。這樣吧，你們都回房去吃飯，我們要進去轉轉，順便幫你們看著。」

兩警衛頓時傻了，一警衛說：「嘿嘿，林小姐您別開玩笑啊，林先生可是對我們下了死命令的，除林教授和林先生外，任何人進入倉庫都要有鑰匙卡，經過同意才能進去。」

林小培哼了聲：「林教授是我爹，林先生是我親哥，你覺得我還用什麼狗屁鑰匙卡嗎？」

那警衛撓撓腦袋，似乎有點動搖，另一警衛接口道：「這個……林小姐，您不要為難我們，到時候怪罪下來，我們就吃不了兜著走……」

「啪！」

這名警衛臉上吃了重重一巴掌，頓時起了紅手印。他捂著臉，唔唔地道：「林小姐，您……您為什麼……」

「為什麼？」林小培臉沉似水，「這回睡醒了吧？我怕你站崗站久了，腦子不清，給你精神精神！」

另一警衛連忙打圓場：「林小姐，他的確是餓昏頭了，您別見怪。這樣吧，我讓您進去，過三十分鐘後我們再回來，您看……」

林小培懶得說話：「快開門吧，廢話還真多！」

兩個警衛開完門後走了，兩人從鐵欄門穿進庫房。水泥頂棚布滿了蛇形電線，上百盞防爆燈二十四小時亮著，靠牆堆了幾十支長短槍枝，田尋大略掃了幾眼，有M4A3自動步槍，還有配套的有機玻璃彈匣，另有手槍、霰彈槍和大批防彈衣等軍火。

田尋看到箱子裡有幾排擺放整齊的M6904手槍，他心念一動，側頭見林小培正在旁邊擺弄防彈衣，於是迅速從最底層抽出一把槍插在腰間，又順手抓了兩支壓滿子彈的彈夾揣進口袋。

兩人在倉庫裡轉了幾圈，田尋似乎漫不經心地邊走邊看，可這些都不是他關心的，他在尋找一樣東西。

林小培打了個大哈欠：「真沒意思，又是這些槍啊彈的，我們走吧，無聊！」

田尋嘴裡應著，腳步卻仍然向裡走。忽然他看到牆角圍著手指粗的鐵欄杆，裡頭堆了幾個大木箱。他走進鐵欄杆，見木箱上用黑漆噴著幾行英文字母：

Trinitrotoluene

20KGX20P

第二十八章　TNT炸藥

H-Concentrates

Fire Prevention

田尋心中大喜，這才是他要找的東西：TNT炸藥。

他走到鐵欄杆邊，見安著一個滑動鐵門，門上安著數字密碼門鎖，方形鎖盤的綠色液晶屏亮著，上面顯示：Please Input Password

田尋問：「妳知道這個密碼嗎？」

林小培看得沒趣，她搖搖頭，不耐煩地道：「一堆破木箱子有什麼可看的，走，我們出去吧！」

田尋說：「這箱子裡裝的東西叫TNT炸藥，威力很大，麵包大的一塊就能炸平一座小山。」

「那又怎樣？」林小培撇了撇嘴說，「我可沒興趣。」

田尋笑了：「昨天我聽郎先生說，妳為了出門去玩，開車把看門的警衛組長腿撞斷了，有這事吧？」

林小培哼了聲：「那是他自找的，怪不得我，為什麼非要擋我的車？我也沒辦法啊！」

田尋有點不高興：「聽妳的意思，好像是人家自己閒著沒事幹，把腿放在車輪底下讓妳壓，是吧？」

林小培一瞪眼睛：「你也說我不對？好啊，你……」

田尋連忙打斷她：「好好，是妳做得對。我問妳，想不想離開這裡？」

「想啊！」林小培馬上來了精神，「怎麼離開？我二哥看得緊，大家都不許走啊！」

田尋說：「明天上午市基建局領導要來鋼鐵廠視察參觀，為掩人耳目，冶煉爐要試車灌注鋼水，如果我們把這些炸藥偷偷放到鋼鐵廠的冶煉爐裡，到那時炸藥就會把整個冶煉爐給轟上天。這樣一來，市領導就會把消息帶回去，而咸陽市公安局也會派人介入，鋼鐵廠一旦被停產整頓，我們就能離開這兔子都不拉屎的鬼地方了。」

林小培一聽非常高興：「真的？太好了，這主意真好！這鬼地方我多一分鐘都不想待，連依雲水都沒得喝！」

田尋看著她，問：「小培，妳知道我們這些人為什麼要來到這個偏僻的鋼鐵廠嗎？」

林小培眨眨漂亮的眼睛，說：「不知道。也沒人告訴我呀！我問二嫂，她也只是笑，說現在保密不告訴我，到時候我們就會去享更大的福，我也就不問了。」

田尋歎了口氣，不知道是否要把真相說給她聽，同時也不理解，為什麼林小培二十幾歲的年紀，某些思維還像未成年小孩那樣天真簡單，什麼事情都不去深層思考一下，也不管周圍發生了什麼事。

他道：「我們首先要想辦法打開這個鐵柵欄門，才能把炸藥取出來。妳知道密碼嗎？」

林小培搖搖頭：「不知道，但我可以試試。」

她走上前去在數字密碼鎖盤上按了幾下，發現只能輸入六位數，她歪頭想了想，鍵入六個數字，再按「確認」鍵，「嘟」的一聲蜂鳴，綠色屏幕顯示：Password Error

田尋道：「密碼錯誤，妳再試試？」

林小培再試著輸了幾次，也都不對。田尋有點焦急，如果警衛突然返回來看到那就糟了，於是開始催促林小培：「快點，試試妳父親、或妳二哥生日之類的數字！」

一連輸了十幾個，怎麼也對不上密碼。

林小培還在鍵盤上亂按，田尋有點不耐煩，抬錶看看已經過了近二十分鐘，他頭上見汗，說：「算了算了，別試了，我們出去吧，快！」

忽聽「嘀嘀」兩聲響，鐵柵欄門自動彈開，鎖解開了！

「怎麼解開的？」田尋欣喜非常。

林小培面帶得意之色：「是陳軍戴的項墜上面刻的一串數字。以前我擺弄過他的項鍊，上面有個銀質的小牌，裡面刻著六個數字，我問是什麼意思，他說是以前當兵時參加一個祕密行動小組，組織上給編的號碼。後來小組的人全死了，就剩他一個人活著逃出來。」

「哦……」田尋應了聲，猜想這裡面肯定有一段驚心動魄的故事，搞不好還有什麼陰謀，可他現在無心聯想，拉開鐵柵欄門走進去。

裡面全是木箱，打開其中一個箱蓋，裡面碼得整整齊齊，都是用黃膠紙包著的長方形TNT炸藥，上面印著千克數，旁邊放著配套的電子引爆雷管和遙控引爆器。田尋從沒用過這些東西，但他平時在網路上遛軍事論壇時見到過詳細介紹，現在看到真傢伙，雖然知道這東西不會輕易爆炸，但心裡還是有點發毛。

他小心翼翼地捧出一塊炸藥，足足有六斤多重，沉甸甸地很有分量。林小培躲在他身後，探出半個腦袋問：「喂，大笨蛋，這東西……不會爆炸吧？」

田尋說：「不會，只要雷管不插在炸藥裡就沒事。妳快去找個結實點的袋子來！」

林小培出去不一會兒，就在牆角尋到一個黑色的帆布大旅行包，又一溜小跑地拎了來。田尋把兩塊炸藥裝進旅行袋，林小培問：「那麼大一個鐵爐子，這兩塊小東西夠用嗎？」

田尋道：「足夠了。那冶煉爐是密封的，而且在試車之前要抽淨空氣，所以屬於真空狀態，這兩塊炸藥足以將它炸碎。要是放得太多，硝石氣味會引起懷疑。」

裝好炸藥後，再把那個木箱挪到最角落，然後關上鐵柵欄門。田尋又在裝備堆裡找了一支強光手電筒、一個二氧化碳過濾呼吸器，將它們收了起來，兩人像小偷似地溜出倉庫，左右看看，所幸那兩名警衛還沒回來，兩人出大樓向西走去。

辦公區域離冶煉車間有幾百米遠，途中要橫穿三條水泥路面和幾組集裝箱貨櫃，林小培嘻嘻哈哈地鑽進貨框空隙裡要和田尋玩捉迷藏，田尋怕被人發現連忙阻止，可林小培根本不聽，田尋想盡快抓住她好別出聲，可林小培身形靈活，老半天也沒抓到，田尋恨不得抓到她後一拳打昏。幸好她穿的是白色衣服，在夜色中很顯眼，田尋聲東擊西，從背後抄過去抱住了她：「看妳還往哪跑！別再吵了，萬一被人發現就全完了！」

林小培媚眼如絲，回頭吻了田尋的嘴。田尋心神激盪，強自忍住，低聲說：「先別胡鬧，快去冶煉爐那邊！」

再向西走，遙遙聽到從白牆那邊傳來鑿岩機轟鳴聲，鏟車、運輸卡車來回穿梭不停。田尋告訴林小培彎下腰，別讓運輸卡車司機發現了，林小培感覺像做賊似地非常刺激，這使她想起兩年前和田尋、趙依凡、姜虎他們乘運屍船去南海鬼谷的經歷來，心中泛起一陣莫名的激動，她隱隱覺得這種激情似乎只有和田尋在一起時才有，平時從未有過。

趁著夜色，藉著管道和貨櫃的掩護，兩人悄悄摸到了西側冶煉車間。林小培興奮得心怦怦亂跳，低聲問：「大笨蛋，你說的什麼爐子在哪裡呀？」

第二十九章　冶煉爐

田尋向後一指：「看到那八根大粗管子了嗎？從冶煉車間一直通到那兩個巨型圓桶裡，圓桶就是冶煉爐，到時候先把採出來的鐵礦粉在冶煉車間高溫熔化掉，再把鐵水透過粗管子送進冶煉爐中精煉成鋼水。我們要做的就是把炸藥放進冶煉爐中。」

林小培問：「這炸藥怎麼引爆啊？」

田尋道：「把雷管插在炸藥裡，再遙控引爆器讓雷管打火，炸藥就響了。」

「那我們什麼時候引爆，被人看到怎麼辦？」林小培有點害怕。

田尋笑了：「到時候幾千度的鋼水澆進爐裡就是最好的雷管，什麼炸藥也引爆了。快走，去冶煉爐！」

巨大的冶煉爐下面有四根高大的鋼基管座，外圍密密麻麻，安滿了各種粗細不一的管子，田尋在爐下轉了一圈，見有電動升降梯架在冶煉爐旁，但肯定會發出電動聲，看來只能從爐壁的鐵梯往上爬了。

抬頭看看鐵梯有十幾米高，田尋有點眼暈，將旅行包雙肩背在身後對林小培說：

「妳可以先回樓去睡覺了，今晚的事不能對任何人說，包括杏麗、妳二哥和林教授，否則我就完了，懂嗎？」

林小培把杏眼一瞪：「你幹嘛？這麼好玩的事情想甩開我？沒門，我也要上去！」

「我不是那個意思，這麼高的鐵梯妳爬得上嗎？」田尋勸道，「到時候掉下來摔扁了，我可沒法跟林教授交代。」

「不行，你休想丟下我，我跟你屁股後面爬，你是人我也是人，憑什麼不能爬？」林小培是王八吃秤砣。

田尋哭笑不得，他腦子一轉：「那這樣吧，我先爬上去，進裡面看看，如果沒啥危險妳再上來，行吧？」

林小培勉強答應了，田尋讓她躲在爐體下面，自己緊了緊腰帶，開始順鐵梯往上爬。鐵梯有十幾米高，田尋沒敢往下看，一步步往上爬。林小培在下面看著，見田尋越爬越高，看得她雙腿發軟，這才有點知道害怕，暗道：算了，我還是不爬了，萬一真摔下來可不是玩的。她雙手攏在嘴邊，低聲告訴田尋小心點。田尋心想這丫頭什麼時候也學會關心人了，還是她只關心我？

第二十九章　冶煉爐

一鼓作氣爬到梯頂來到平台之上，爐體上有個大鐵門，田尋抓住門上的圓形轉盤擰開，將沉重的鐵門推開。

迎面撲來一股窒悶之氣，雖然看不到什麼，卻也能感覺到面前空蕩蕩的，似乎還有股氣流在向下抽風。田尋連忙戴上呼吸器，擰亮手電筒一照，嚇得差點沒掉下去。這冶煉爐膛方圓足有十六、七米，高三十多米，膛內也有鐵梯通到爐底。田尋沒敢多耽誤，再慢慢順鐵梯下到爐膛底部。

冶煉爐內壁都是鋼玉鑄成，足以抵抗鋼水的高溫，田尋直接把裝有TNT炸藥的黑色旅行袋放在進鋼水管的正下方，然後回頭順鐵梯向上爬。

這回肩膀上少了十幾斤重量，爬起來輕鬆多了。剛爬到平台上鑽出鐵門，就聽見下面隱約傳來林小培和一個男人交談聲。

田尋心中一緊，只聽那男人似乎言辭不善，林小培也沒好態度，兩人好像越說越僵。田尋用手電筒往下一照，見那男人已經順鐵梯往上爬，田尋心怦怦直跳，心想要壞事了，如果林小培一高興把藏炸藥的事告訴別人，那可就全毀了。

這人轉眼間已爬上平台，是個身高足有一米九的壯漢，穿全套黑色工裝，頭戴黃色安全帽，肩上別著對講機，滿臉橫肉，拎著手電筒問田尋：「喂，你是幹什麼的？」

田尋腦筋急轉，裝出一副滿不在乎的神情：「你又是幹什麼的？」

這傢伙把大嘴一撇：「我是保安副組長舒大鵬，來巡視安全的，你們在這裡搞什麼鬼？」

田尋道：「我是受林振文先生特別指派來檢查爐體的，下面那女孩是誰，你知道嗎？」

舒大鵬點點頭：「嗯，知道，林教授的女兒林小培。」

田尋有點意外：「你還真知道，那還管這麼多閒事幹什麼？」

舒大鵬哼了聲：「我只聽陳軍的，其他人不管是誰，都要遵守規矩，晚上十點之後無關人等不得隨意進入廠區！明天冶煉爐就要試車，爐體早就檢查過幾遍了，我怎麼沒聽說今晚還需要檢查？」說完他進了爐體，站在平台上用手電筒向爐膛內底部照射，立刻就發現了放在進鋼水管下的黑色旅行袋。

「那是什麼東西？」舒大鵬厲聲問道。

田尋說：「那是我檢查爐體用的儀器和工具，明天上午我還要再來一趟的，所以就放在那兒了。」

第二十九章　冶煉爐

「什麼儀器和工具？把你的呼吸器給我，我要下去看看！你小子要是敢搞鬼，看我怎麼收拾你！」舒大鵬把手電筒塞在右肩頭的肩章裡，一把搶過田尋脖子上掛著的呼吸器，就要從鐵梯爬下去。

田尋急了：「你這傢伙膽子還真大，連林振文和林小培都不放在眼裡，是不是想被炒魷魚？」

舒大鵬嘿嘿笑了：「我平時連林先生的面都見不到幾次，就知道我的頂頭上司是陳軍，要是得罪了他就沒好果子吃，你少跟我擺資格，老子不吃這套！」說完他緊了緊腰帶，彎腰蹬蹬蹬開始順鐵梯往下爬。

這傢伙顯然是個一根筋，只認粗理，田尋大腦急速運轉，看來他眼裡只有陳軍，如果被他發現旅行袋裡的炸藥，那自己必死無疑。

田尋心臟怦怦亂跳，已無時間再多猶豫，左手顫抖著悄悄抽出插在腰帶中的手槍，右手掏出彈夾輕輕塞進槍身，一拉套筒子彈上膛，再回手輕輕帶上鐵門。

爐體裡空氣稀薄，田尋覺得有點呼吸不暢。這時舒大鵬已爬下六、七米，田尋用手電筒照著他，問道：「我給你照著亮。喂，哥們，老家是哪的啊？」

「你問這個幹啥？」舒大鵬抬頭疑惑地答道。

田尋笑嘻嘻地說：「沒事，順口問問。」

「河北霸州。咋了？」

田尋道：「哦，河北霸州，和董海川是老鄉，離這兒還挺遠的……不過沒事，現在我就用最快的速度送你回老家。」

還沒等舒大鵬會過意，田尋左手舉槍瞄準他腦門，舒大鵬大駭，張嘴剛喊了半句：「你要幹什……」

「砰！」槍口噴出的火舌映亮四周，子彈準確擊穿了舒大鵬眉心，他連哼都沒哼出來，就一頭從鐵梯上栽下，「硄噹」摔在爐底，回音嗡嗡作響，震得田尋耳鼓發脹，胸口一陣煩噁。他怕聲音傳到外面被人聽到，也不敢開爐門，只好堵住耳朵硬挺著。

幾分鐘後餘音散盡，田尋才打開爐門順鐵梯爬了下去，見林小培雙手叉腰，仍然氣得鼓鼓的：「那個大塊頭呢？讓他下來！我非讓二哥收拾他不可！」

田尋拉著她胳膊道：「他在裡面檢修爐體，一時半會兒出不來。我們走吧，別管他了！」

林小培一路走，一路嘟嘟囔囔，田尋再三叮囑她不要把今晚的事洩露出去，到時

第二十九章　冶煉爐

候爐體一爆炸，十幾斤TNT的威力可不是鬧著玩的，再加上真空的爐體，就像一個巨大的鞭炮，會將舒大鵬的屍體炸得無影無蹤，連眉毛都找不到，那時林振文他們只會懷疑是冶煉爐有問題。大型鋼鐵企業的冶煉爐發生爆炸是嚴重事件，如果在發現倉庫炸藥被盜之前公安局派人來檢查，田尋就可趁機告發林之揚的盜漢計畫，那一切就都結束了。

一夜無眠。田尋在想要將從倉庫中偷出來的那把M6904手槍藏在什麼地方最保險，最後他將內衣撕下幾條搓成布繩，把手槍綁在右肋下再套上棉外衣，鼓鼓囊囊的什麼也看不出來，這才放心。準備妥當後，他翻來覆去睡不著，擔心在次日灌注鋼水之前，會真有人進去檢查爐體。

次日早上七點多鐘，田尋剛穿好衣服出來，就聽王植說：「看大門方向，又是誰來了？」

大家都聚在走廊裡，透過玻璃窗用望遠鏡觀看。只見大門方向又駛來兩輛黑色奧迪A6汽車，立刻有警衛人員舉著對講機跑去開門，汽車一前一後駛進廠院停住，下來幾名挺著將軍肚、穿黑色呢大衣的中年男人，後面跟著一個戴眼鏡的瘦子，腋下夾著皮包。宋越在機關單位待了幾十年，對這種派頭再熟悉不過了，立刻道：「咸陽市基建局的副局長來了！怎麼來這麼早？」

郎世鵬往嘴裡塞著麵包：「他們來視察冶煉車間試車。」

林振文、杏麗等人從辦公樓出來迎接，將他們恭恭敬敬請進辦公樓。

半小時後，一行人又從辦公樓出來向冶煉車間走去。宋越道：「市裡還真派人來視察冶煉車間？這個鋼鐵廠不過是個假殼子罷了，難不成還真要煉出幾爐鋼水給他們看？」

郎世鵬笑了：「這有什麼奇怪的？演戲也要演得有板有眼，今天肯定是要煉出一爐鋼水。」

姜虎問：「我說幾位專家，這麼大的工廠，聽說要花費十多億才能建起來？」

郎世鵬點點頭。姜虎又問：「我的乖乖！咱們在茂陵裡得的文物能不能賣十多億啊？有那麼多錢還盜什麼茂陵？直接送我們出國算了，費這個勁幹嘛啊！」

他那天津話把大家都給逗樂了。王植笑道：「你知道茂陵一旦被成功打開，裡面有多少文物嗎？幾百個十億都不止！」

姜虎下巴差點脫臼：「什……什麼？幾百個十億？那是多少啊……」

第二十九章　冶煉爐

大家哈哈大笑。田尋剛要張嘴取笑他，忽聽地動山搖的一聲巨響，辦公樓牆上的白粉簌簌震落，這聲響又大又沉，遠遠傳出幾十里。

眾人大驚失色，羅斯．高立刻跳起來向門外跑，邊跑邊大喊：「地震了，快跑！」

大家嚇得都跑了出來，可巨響過後卻再無聲息，似乎不像地震。只有田尋心裡清楚，表面上裝成若無其事，心中暗想：看來試車之前並沒人發現炸藥的事，果然把冶煉爐給炸了。他暗自竊喜，卻見一名黑衣警衛從樓下上來，大家連忙圍上去發問，那警衛氣吁吁地對大家說：「冶煉車間的冶煉爐爆炸了，可能是鋼水含碳量太高，好傢伙，三十多米的冶煉爐炸得只剩個底座，比炸藥引爆還厲害！」

果然，透過玻璃窗，見西側車間方向上空騰起一股黑煙，眾人議論紛紛，七嘴八舌地談著，羅斯．高聽說並不是地震，打著哈欠回屋繼續睡覺去了。田尋等人均無睡意，都穿好衣服出去看熱鬧。

只見廠區那邊濃煙滾滾，冶煉爐已經望不見了，空氣中有一股淡淡的硝磺氣味。王植抬鼻子用力抽了抽，說：「咦，奇怪，怎麼好像有股炸藥味？」

郎世鵬也納悶：「難道是鋼水裡含硫量超標？那倒是有可能。」宋越歎了口氣：

「真是露臉不成反倒亮了屁股，唉！」

成功炸了冶煉爐，田尋的喜悅之情迅速褪去，心裡七上八下地沒底，開始害怕起來。

這時見很多人都從各個方向朝冶煉車間跑去，有工人、保安人員和工程技術員。十幾名工人正在緊張地安裝消防水龍帶，準備滅火。

田尋心裡惴惴不安，就盼著這幾位市裡的領導大發雷霆，勒令工廠立即停工，然後再調公安局介入。他舉著望遠鏡一直觀看動靜，見林振文等人和市裡領導離開車間向辦公樓走去，過了一個小時左右，林振文才把幾位領導送出來，領導們鑽進黑色奧迪轎車離開了鋼鐵廠。

隨後有人來告知：所有人立刻到會議室開會，不得延誤。人群開始騷動，一時間眾說紛紜，各種猜測都有，田尋心中一緊，更加害怕了。

陳軍在會議室裡來回走動，眼睛在每人臉上漫不經心地挨個掃了一遍。田尋知道他身懷絕技，善於察言觀色，於是竭力平復狂跳的心臟，極力裝出一副茫然神情。林振文慢慢走進來，臉色鐵青。而尤全財邊用打火機點雪茄煙邊說：「我真服了你，老林頭，演戲演過頭了吧？還不如別讓那些領導來湊熱鬧，這下倒好，還沒開掘茂陵，倒先打草驚蛇了！」

眾人心中疑惑，面面相覷。林之揚坐在椅子上，面色陰沉，一直在喝茶，也不說話。林振文說道：「想必大家都聽到了剛才的聲音，冶煉爐被炸毀，市裡的基建局領導十分惱火，當場就要勒令工廠停工整頓，我承諾他們十天之內拿出證據來證明冶煉爐有質量問題，這才勉強混過去，工廠得以繼續運轉。但消息肯定要傳到市裡頭，至於會造成什麼樣的影響，就聽天由命吧，反正十天之後，我們和茂陵的財寶都已經到美國了！」

大家都鬆了口氣，郎世鵬道：「這也算不幸中的萬幸，也算破財免災吧！」

「破財免災我沒意見。」林振文哼了聲，「但我不希望是人為搗亂，那就不是天災，而是人禍了！」

此言一出，舉座皆驚。

王植問：「這話怎麼講？」

「我懷疑有人從中搞鬼。」林振文道，「要是那樣的話，我們就要好好查查了！」

宋越撓撓頭髮：「冶煉爐空氣不純、鋼水含碳硫量過高，都有可能造成爐體爆炸，但這種情況少之又少，具體情況還得調查明白了再下結論。」

林振文轉頭問陳軍：「最近廠裡有什麼異常嗎？」

「沒有什麼。」陳軍老老實實答道，「只是今天一早不見保安組副組長舒大鵬到崗，四處也找不到。」

林振文滿面怒容，罵道：「難道他還能飛出電網以外嗎？快派人給我仔細地找，一群飯桶！」

剛說完，忽然大門被推開，外頭風風火火闖進一人，卻是施工長。林振文正愁沒地方發洩，大罵道：「你不懂什麼叫敲門嗎？給我滾出去！」

施工長卻不害怕，只見他滿臉笑容，氣吁吁地說：「林……林先生，挖……挖……挖到暗道了！」

會議室裡的人都愣了。林之揚馬上站起來：「你說什麼？再說一遍！」

「林教授，剛才隧道挖掘機挖……挖到了一條石壁甬道，就是德國專家圖紙上標示的那個區域，從裡面還飄出一股煙氣，帶香味的！那味道可好聞了，就像藏香的味道，哈哈哈！」施工長笑得很開心。

會議室頓時沸騰了，大家都高聲歡呼，聲浪幾乎要掀翻房頂。尤全財樂得跳起來：「太好了！投了這麼多億搞個鋼鐵廠，終於看到希望了！」

林振文也欣喜若狂，連忙再問：「現場的幾個考古專家看了嗎？他們怎麼說？」

施工長仍然在大笑：「哈哈，林先生，我們是不是都要發大財了？哈哈哈，我有老婆、孩子要養，還欠著好幾萬的債呢，林先生，您能不能先幫我把債還了？」

聽他說得有趣，在座的人也都哄笑起來。林之揚一擺手：「行了，少說廢話，你那幾萬塊算什麼？回頭讓你睡在錢堆裡！宋教授，你快到現場去看看，最後確定一下！」

宋越剛要起身，卻見施工長靠在牆上，滿臉潮紅，兀自咧嘴大笑：「林先生，你……你可要讓我們都發財呀……我也要像你一樣，有大把大把的錢花，還可以玩漂亮女傭人……」

眾皆譁然。陳軍見他越說越離譜，忙斥道：「趙全福，你胡說什麼？滾出去！」

施工長趙全福就像沒聽到他的話，靠在牆上還在胡言亂語，只是聲音越來越小，臉卻越來越紅，最後簡直變成了紫色，雙手捏住自己的喉嚨，嘴裡咕咕作響。

「不好，他窒息了！」王植叫道，「快掰開他的嘴，以免咬斷舌頭！」

第三十章　地下甬道

大家這才知道有異，連忙上來一人單手架住趙全福，另一隻手用力捏他臉頰。可還是晚了一步，只見半截血肉模糊的舌頭尖已被擠在他緊緊咬合的兩排牙齒之外，趙全福身體漸漸僵直，圓睜雙眼癱倒地上。架住他的那人蹲下仔細查看，再伸指壓在他脖頸處，回頭道：「不行了，舌頭被咬斷，已經嚥氣了！」

大家都驚呆了，怎麼剛才還好好的一個人轉眼就咬舌自盡了？林振文看了看他爹，一時沒回過神來：「到底怎麼回事？」

王植扒開趙全福的眼底，只見眼珠上十幾條細細的黑線縱貫眼球，就像一道柵欄門的形狀。王植對林振文說：「從眼球判斷，應該是吸入了斷神香一類的毒煙製劑。」

尤全財最怕死，他怯生生地問：「什麼是斷神香？」

王植道：「斷神香是一種古代著名的毒藥製劑，古文獻上介紹說是用番木鱉、紅信石、曼陀羅花粉，再加上搗爛的烏頭草，最後用砒霜水和成泥狀物，成品有鳳仙花

第三十章　地下甬道

香味，風乾後也可製成香棍點燃，其煙碰到眼睛，半天之內就會殺死視網膜神經元，就是華佗再世也無計可施。而用這種泥糊牆能長期揮發毒煙，古人一般用它來塗抹墓道，以起防賊作用，但這種配方在北宋以後就失傳了。剛才我從趙全福嘴裡聞到一種奇怪的味道，估計很有可能是這種東西。」

這番話說完，大家都嚇得直吐舌頭，好幾人不自覺地往後躲，生怕離趙全福屍體太近，自己眼睛也會瞎。

「太可怕了，我可不去！」尤全財連連擺手，「沒得到值錢文物，再他媽把自己的命給搭上！」

王植笑了：「如果真如我猜測的那樣倒是好事，起碼說明那條甬道就是我們的目標，因為這種毒香已經失傳千年以上了。」

林之揚既高興又害怕：「王先生，就沒別的辦法對付毒香嗎？」

「這種斷神香最怕火，遇火即消。」王植慢悠悠地說，「先用細管道將燃氣引進隧道中部橫向點燃，再用抽風機在隧道口抽空氣，讓毒煙從甬道中不斷逸出，毒煙經過燃燒的燃氣後就會迅速揮發，其毒性可以減少九成九。」

大家一聽有辦法，又都高興起來，林振文連忙用對講機命令隧道內所有人員迅速撤出，以免傷亡更多。

駕駛隧道挖掘機的兩名司機，沒挨到下午眼睛就瞎了，而且劇痛難忍，越用水洗越疼得鑽心，幾乎要用自己的手把眼珠子活活挖出來。陳軍吩咐派專人看護兩人，再叫人配戴上全套防毒面具進到隧道深處用帆布蒙實，以防止毒煙繼續向外擴散，在帆布上黏了一塊塑性炸藥，並插上電子遙控引爆器。然後施工人員開始引進一根金屬管道，在隧道中部安裝了三根橫向彎頭，並裝好電子打火裝置，再通上天然氣，最後用大型抽風機堵在隧道口準備通電。

一切就緒。先點燃天然氣管道，三條火舌橫著封住隧道口，再用電子引爆器將帆布炸碎，同時啟動抽風機組。毒煙氣體迅速從甬道湧出隧道，經過火舌時全部被燃燒殆盡。

兩個小時之後，工作人員報告說抽風機電機轉數劇增，負載增加，應該是隧道內空氣已經極為稀薄。林之揚面露喜色：這說明隧道深處的甬道還處於密封狀態，而且毒煙已經散盡。他問王植：「甬道內壁塗的毒泥會不會繼續揮發毒煙？」

「不會的。」王植道，「從西漢到現在已經過了近兩千年，再厚的塗層也都揮發得一點不剩了，我們可以放心進入，但最好還是戴上護目鏡和呼吸器。」

第三十章　地下甬道

「太好了！」林之揚激動萬分，「終於等到這一天！」他立刻命令陳軍讓工人把所有集裝箱都裝上運輸卡車，同時十幾輛電控運輸軌車也已就位，只等挖出文物之後，施工人員將它們抬上隧道鋼軌運出地面，運輸組立即裝箱封存，再用運輸卡車運到機場，由專機通過綠色通道直飛深圳。

此時工人已經用微型運輸車把倉庫地下的所有裝備全都運出。超輕鈦金屬網背心、頭盔、防寒制服、防刺手套、長短武器、軍用匕首、無線對講機組、紅外夜視鏡、液體葡萄糖劑、空氣過濾呼吸器、軍用背包、TNT炸藥、燃燒彈、各種手雷、手持定位儀等。三十五位各懷絕技的練家子將這些高科技產品全都配備起來，全身黑色裝備襯著夜視鏡的紅外反光和自動步槍上的紅色激光射線，看上去就像反恐電影中的特種部隊成員，可謂全副武裝。

每人身後的背包裡都裝著二十支步槍彈夾和十支手槍彈夾，另有六人分三組拎了三只大帆布袋子，裡面也全裝滿了壓好子彈的彈夾，每袋足足裝有六、七個，還好這些大兵以前都受過負重訓練，這些沉重的彈藥在他們手上還不算太沉。

林振文問林之揚：「父親，我們需要帶這麼多彈藥嗎？又不是打守城戰！」

林之揚沉吟道：「雖然茂陵裡沒有敵人，但不代表沒有敵物！以防萬一！」

林振文不置可否。所有人都在武裝，只有一名五短身材的日本人什麼都沒拿，呆立在一旁，好像沒他什麼事似的。

其他非傭兵如：郎世鵬、王植和羅斯．高他們也各自配備一把M6904手槍以防萬一，田尋也穿上黑色防寒制服，卻沒被配發任何手槍，只配有一柄多用匕首，看來是林振文怕他反目而故意為之。但他卻不知道，田尋早偷偷藏了一把M6904手槍在身上。

林振文問道：「宮本先生，你不帶把槍防身嗎？」

那日本人身材雖矮，看上去卻十分強壯，像尊石佛似的。穿一身黑色棉布衣服，緊腿緊袖口，手裡握著一長一短兩把黑色墨魚皮鞘日本刀，腰帶裡還插著十幾支鋼製六角飛鏢。他搖搖頭，用日語說了幾句話，說完舉了舉手中的日本刀。羅斯．高翻譯給大家聽，原來他說：「我從來不用槍，只用這個。」林振文笑著搖搖頭，知道這種武術家性格都很自負，因此也不再勸。

尤全財站在一旁，看到大家武裝整齊、嚴陣以待，心裡有點打退堂鼓，他對林振文嘿嘿一笑：「這個……林先生，我可不可以在外面等候你們的消息？」

這話一出口，大家都用鄙夷的目光看著他，看得尤全財臉上也有點發燒。他手下的十幾個人紛紛道：「老闆，你且放寬心，有我們京城十三太保在，就算天王老子也不敢傷你。」尤全財一面穿衣服裝備，嘴裡一面不停罵罵咧咧：「他媽的，投了幾億元進去，還得冒這份險，這他媽叫什麼事！」

田尋心裡暗笑：就怕那茂陵裡沒有什麼天王老子，卻藏著比天王老子更難對付的東西。

這時，杏麗和林小培走過來，林小培顯然剛起床，一副睡眼惺忪的模樣。她見這麼多人聚集在一處，覺得很好奇：「你們這是幹什麼啊？舞刀弄槍像要打仗似的。」

林之揚說：「小培，爸爸和二哥他們要去探險，妳留在外面看家。」

「去哪探險？」林小培高興地問，「太好了，我們終於要離開鋼鐵廠啦！」

「不離開這裡。」林之揚一指西側那堵白牆，「我們要探險的地方就在那邊，在地下的一個隧道裡。」

林小培很驚奇：「那裡原來有個隧道呀！怪不得你們成天挖來搞去的也不告訴我！大笨蛋，你也去嗎？」

田尋點點頭。林小培走到田尋身邊，挽住他的胳膊：「那我也去，只留我一個人在外面待著也好沒意思。」

林之揚怒道：「不行！讓妳留下就留下！」

「哼！憑什麼？我偏要跟著你們去！」林小培把嘴一撇。

林之揚不想讓女兒也跟著冒險，他真生氣了，斥道：「妳再敢頂嘴？看我不抽妳！」說完舉手要打。「給你打呀，看你捨得捨不得打！」林小培絲毫沒害怕，反倒把臉揚起，朝著他的手掌說道。

林之揚登時語塞，那手掌舉在半空也沒落下，半天才擠出一句：「妳……妳真不聽話！」

林小培嘻嘻笑著說：「爸爸，我就知道你捨不得打我，還是讓我跟去吧！」說完跑到裝備車那裡，這瞅瞅、那挑挑，似乎也要武裝點什麼。

大伙看著這對有趣之極的父女倆，忍不住都想笑。呂連常哈哈笑道：「女大不由爺，這可是老祖宗留下來的古話啊！」眾人大笑。林振文連忙板起臉：「笑什麼？快整理好裝備，準備行動！」

看著林小培天真地挑東揀西的可愛樣子，林之揚胸中忽然一陣熱呼呼的不是滋味，他眼睛有點濕潤，走到林小培身邊愛憐地撫摸著她的秀髮：「小培啊，這麼多年爸爸一直也沒好好關心過妳，也沒問過妳到底喜歡什麼、想要什麼。現在卻還要妳跟著爸爸去冒風險……」他深知這次進入茂陵甬道實在是名副其實的冒大險，心裡很是擔心。

林小培有點不解：「爸，你說什麼呀，不就是探險嗎？又不是沒去過。那年我跟大笨蛋還有姜虎哥哥一塊去南海那個什麼島，不也好好地回來了，其實也沒什麼可怕的，哼！」她雙手叉腰，擺出一副天不怕地不怕的模樣。

田尋拉著她的手說：「小培，我們都會保護妳的，放心吧！」

林振文也說：「妳就跟在我後面，包妳沒事！」他幫林小培也挑了一身最小號的黑色防寒制服穿上，林小培邊穿邊抱怨：「這是什麼破衣服呀？太沉了，穿上像隻大狗熊！」

林振文把無線對講機掛在她衣領上，說：「地下很冷，沒有這衣服妳會凍成冰棍的！」

那邊陳軍叫來新任的保安組組長，命令他將鋼鐵廠外圍電網通上高壓電，再命令所有警衛人員嚴密把守金屬門和鋼鐵廠所有出口，在他們從茂陵出來之前不准任何人入內，同時也不許任何工人外出。

呂連常右手握住M4A3突擊步槍，左手一拉槍機，姿勢非常瀟灑地問：「什麼時候出發？我都等不及了！」

林振文看了看錶，正好上午九點整，他深吸口氣，把手一揮：「開始行動！」

一行四十六人浩浩蕩蕩向白牆內走去，在大家都進入金屬門之後，陳軍在裡面用遙控器將金屬門關閉，外面四名持槍警衛跑到白牆兩旁站定，開始二十四小時嚴密把守。

陳軍手持定位儀，告訴其他五位隊長可以將定位儀左面的卡扣扳起，接在M4A3突擊步槍側面的滑軌上，這樣就可以在端槍前進的同時，又能方便地看到定位儀屏幕上的立體畫面。德國專家早已將從茂陵到鋼鐵廠的地理詳情製成三D立體地圖，六個小隊的位置在立體地圖上用紅點顯示得清清楚楚，畫面還可以縮放和任意旋轉，而且各種距離數據也隨手可查，可謂一切盡在掌握。

陳軍命令史林的第一小隊走在最前面打頭陣，大家開始踩著隧道內鋪設好的鋼軌前進。不一會兒，地面就開始斜坡向下約三十度，大家只得伸手扶著石壁行走以免摔倒，好在隧道裡防爆燈的光線很充足，只是空氣越來越陰冷，如不是大家都穿著特製的防寒制服，恐怕都得凍感冒。

即使這樣，體質弱的人也開始頂不住了，林小培感到涼氣襲人，她渾身打顫，緊

第三十章　地下甬道

緊挽住田尋胳膊。尤全財也不停抱怨：「他媽的，放著好好的直路不修，非要弄出個什麼螺旋形斜坡，那幫德國專家真是吃飽了撐著！」

宋越肥胖的身軀蹣跚而行，很是費勁，提拉潘在旁邊單手扶著他，宋越氣喘吁吁地道：「這是為了……為了減小隧道側壁的壓力，隧道才不至於塌陷。」

越往下走，空氣越冷也越稀薄，大家都戴上口罩式呼吸器，用內置的無線對講接收器相互說話。此時已經來到甬道前，這隧道十分精準地將甬道攔腰打通，走在最前面的史林用強光手電筒四下一照，甬道寬不到十五米，高度至少有十米，四壁凹凸不平，抬頭望去黑漆漆的看不清壁頂。宋越上前想伸手去摸石壁，被王植攔住：「小心！這磚上很可能還殘留著斷神香的碎屑，會對皮膚造成傷害！」

林之揚道：「大家什麼也別碰，往甬道深處走！」史林手持空氣探測儀偵測空氣中是否有異常，其他幾人則高高握著強光手電筒共同照著前路，大家在光柱晃動中向前推進。行了兩百多米時，地面出現了個一尺半高的台階，然後又平行前進，就這樣每隔兩百餘米就有個台階，大概過了二十多個台階，算來也走了有近十里地，甬道深處仍然是黑漆漆的，沒看到盡頭。

大家都有點走累了，尤其是林之揚，他平日裡養尊處優，哪走過這麼遠的路？直累得雙腿發虛、呼吸不穩。林振文見老爹臉色發白，連忙吩咐大家就地休息二十分鐘，喝點水、歇歇腳。

尤全財坐在京城十三太保遞過來的背包上，活動著腳踝，嘴裡不耐煩地大發牢騷：「這是他媽什麼破路？不是要一直走到地安門吧？」

林振文非常討厭尤全財，但嘴上不好說，只得面帶微笑說：「尤先生別急，前些天德國專家不是說了嗎？從鋼鐵廠到茂陵地宮的直線距離是五點五公里，我們現在估計已經走了有近十里地，就快到了。」

尤全財罵道：「花十億元來買罪受，我真是吃飽了撐著！」

林振文對他煩得要死，乾脆也不理他，回頭對郎世鵬說：「有一點我很奇怪，這條甬道有十里長，當初修建陵墓的張湯讓工匠祕密修出這個暗道，就不怕走漏風聲，漢武帝怪罪下來砍他的頭？」

郎世鵬喝了口水道：「我估計張湯應該是找了個什麼藉口，比如說要留個洩水孔道，以免地下水灌入墓穴，這應該是個很好的理由。」

「嗯，說得也是。」林振文點點頭。

坐在日本人宮本身邊的呂連常一直盯著他手中那兩把精緻的武士刀看個沒完，宮

第三十章　地下甬道

本以為呂連常不懷好意，狠狠地瞪了他一眼。呂連常嘻笑著道：「日本哥們，別瞪眼睛，我不是想搶你的刀，只是我從小就喜歡日本刀，但從來沒見識過真正的日本正宗貨，能讓我開開眼嗎？」

羅斯．高和他倆是同組的，將呂連常的話翻譯給宮本聽。宮本面無表情地搖搖頭表示拒絕，呂連常哼了聲：「有什麼了不起的，不就是兩把破刀嗎？還怕我吃了不成？」

羅斯．高是唯恐天下不亂的人，立刻翻譯過去，宮本臉色不悅，轉過頭去不再理會。宋越邊擦汗邊說：「日本刀的確是好武器，排名世界三大名刃之一，不是浪得虛名的。」

「咦，老宋頭，聽人說你不是搞建築學的嗎，怎麼對日本刀也有研究？」呂連常問道。

宋越苦笑著說：「只是個人愛好而已，十幾年前我也收藏過一把清宮裡三品護衛用的腰刀，後來老伴生病手頭不方便就賣了，唉！」

聽他們幾個在聊日本刀，田尋和林小培也湊了過來。田尋問道：「宋教授，現在網上也有兜售日本刀的，價格也不貴，才一千多塊錢，你怎麼沒弄一把收藏？」

第三十一章 結蛹蛛

宋越哈哈笑了：「小兄弟，那都是假的！真正的日本刀是純粹用手工密集方式錘煉出來的，可稱藝術品，最差的刀也不低於一千美元。在日本鳥取縣、岡山縣和京都等出產優質鐵礦砂的地方都有很多著名刀匠，他們做出來的日本刀每把至少要花費百天以上時間，日本戰國時期有不少割據的將軍願用一座城池的代價換取一把上等日本刀，其珍貴程度可想而知了。」

田尋點點頭：「我只聽說日本武士把刀看得比腦袋還重要，他們已經把刀視為自己生命的一部分了。」

郎世鵬也跟著湊熱鬧：「沒錯。日本刀匠將精選出來的玉鋼先打成鋼條，然後折疊起來再次錘打，反覆折疊十次後，這時鋼條就變成一千零二十四層，也就是中國人俗稱的千層鋼，這種鋼韌性極佳，製出來的刀也非常鋒利，刺進人體根本不需用太大的力。據說質量好的刀，使用者還沒感覺到手上用勁，刀已經沒入人身體了。」

呂連常驚歎之餘，說道：「他媽的，要是我有這麼一把刀就好了！」

第三十一章　結蛹蛛

田尋冷冷地說：「刀應該是用來防身的，而不是殺人！」

「你什麼意思？是在說我嗎？小子！」呂連常把眼一瞪。

姜虎說話了：「哥們，我覺得人家田兄弟說得沒錯，你瞪啥眼睛？嚇唬誰呢？」

呂連常還要說話，林小培哼了聲：「驢臉長，你凶什麼凶？欺負我們不會打架是嗎？」

呂連常被噎得直翻白眼，卻又不敢說什麼，只好壓下火氣不作聲。

宋越喝了口水，又接著說：「其實以前中國也收藏有不少好刀好劍，可惜在『文革』那陣子全都給毀掉了。我記得很清楚是七二年的事，那時我才十九歲，北京軍事博物館門前的廣場上收集了幾乎全北京城所有的管制刀具，我也跟著跑去看熱鬧。好傢伙，至少有上萬把刀劍，在廣場裡堆成幾十大堆，有日本刀，有從皇宮裡流出來的侍衛腰刀，還有鑌鐵刀、西亞大馬士革刀、馬來刀……幾十個工人拿著氣焊槍，嘩嘩地把那些刀全給燒成了鐵疙瘩。當時我還不懂，只覺得好好的刀化成鐵水有點可惜，現在幾十年過去了，再回想起當年那『壯觀』的場面，我這心都疼啊！」

田尋也跟著慨歎，呂連常喝口水把嘴一抹：「管那麼多事幹什麼？燒的又不是我家的東西。」

宋越聽了很不贊同：「年輕人，可不能這麼說，那些刀也都是中國的文物啊！很多刀都非常珍貴……」話未說完，忽然從甬道深處飄來一陣若有若無的聲響。

史林耳朵極靈，他打頭陣的時候也一直在注意周圍的動靜，此時大家已走了有半個小時，除了眾人的腳步聲和談話聲外，甬道中一直靜寂無聲，史林先天靈敏的耳朵可以輕易分辨出哪些聲音是自己人發出來的，包括大家那細微的呼吸聲。此時卻從通道深處傳來這種怪異響動，史林立刻道：「都別出聲！」

眾人都定住了，那幾個外國傭兵雖然聽不懂漢語，但也都聽見甬道深處的異響，同時停住動作側耳傾聽。

林之揚剛把氣喘勻，見眾人如臨大敵，連忙問：「怎麼了？聽到什麼響動嗎？」

史林豎起食指：「甬道裡似乎有動靜，像有什麼東西在爬……」

「聽到什麼了？」林之揚有點緊張。

「還不清楚。」史林注視著黑黝黝的甬道深處，慢慢說道。他把M4A3步槍挎在肩上，單手抽出M6904手槍，左手舉起強光手電筒，一步步緩緩向甬道深處移動腳步。林振文道：「史林，不要孤軍深入，快回來！」

史林藝高人膽大，口裡應著：「沒事，我先去探探路！」仍舊走向甬道裡。林振文怕他出事，連忙打手勢讓大家跟上。

尤全財連忙問身邊的京城十三太保：「怎麼了？有什麼不對嗎？」身邊的人回答：「沒什麼，老闆你放心，有我們在這兒保護你。」尤全財心中稍寬，他剛歇了十分鐘，還沒休息夠就又開始行進，心裡老大不願意，邊走邊嘟囔：「上刑場還給吃頓飽飯呢，這也不讓人好好休息，真他媽沒理可講！」忽然，他覺得頭頂一涼，似乎有什麼東西掉在頭上。用手抹抹再看，見手掌上沾了一灘白色黏液，很像木匠用來黏傢俱的膠水。

「這是什麼破東西？真他媽噁心！」尤全財滿臉嫌惡，差點要吐出來了。身邊的京城十三太保連忙掏出礦泉水瓶給他洗手，邊倒水邊說：「老闆，別害怕，可能是甬道裡潮濕，頂壁上長了一些什麼植物，應該是植物流下來的汁液，沒事兒。」

王植是生物學家，連忙走過去查看。他用手挑了點那些黏液仔細看了看，再湊到鼻子底下聞聞，皺眉道：「如果我沒猜錯的話，這不是什麼植物汁液，而是生物的分泌液。從膠性氣味來看，很像是未凝固的蜘蛛絲。」

「什麼？蜘蛛絲？」尤全財叫了起來，「我最怕蜘蛛、蠍子一類東西了，真他媽討厭！」

王植看著被水沖到地上的那灘黏液，又抬頭用手電筒照了照甬道壁頂，忽然發現壁頂靜靜吊著十幾大團白色黏團，每個黏團都有八仙桌大小，外觀呈橢圓形，有點像作繭之後的蠶蛹。

「大家看那是什麼？」王植叫道。眾人同舉強光手電筒照去，白色黏團在強光照射下反射出慘白色。

林小培害怕地摟著田尋肩膀：「那是什麼東西啊，好嚇人！」

郎世鵬緩緩道：「可以肯定這絕不是植物，大家小心，再看看前面是否還有這種東西！」史林和兩名隊員繼續向前探路，走了百十來米後，史林用無線對講機報告：「前方壁頂都分布著這種東西，有幾個還在往下滴黏液。」

林之揚對王植說：「王教授，你怎麼看？」

王植猶豫片刻：「從外形特徵來看，應該是某種節肢動物的未完全變態階段，比如：蠶蛹、蒼蠅、蝴蝶等都是這樣。但這麼大的結蛹我還是第一次看到，有辦法能看到蛹團的近部細節嗎？」

呂連常端起槍：「這有何難？打下來一個不就行了！」

林振文立刻阻止：「不要輕舉妄動，陳軍，用微型攝像機。」

第三十一章　結蛹蛛

陳軍從背包裡取出一部兩千萬像素的高清手持攝像機，將5英寸的側屏幕打開，啟動電源對準壁頂的結蛹開始拍攝。他將光學變焦開到最大的20倍率，一六七〇萬色的彩色屏幕上立刻現出清晰無比的特寫圖像。

陳軍道：「王教授，你過來看看。」王植湊近攝像機，看著屏幕上來回晃動的圖像，見蛹壁呈不規則突起，很多地方還沒有完全凝固，王植唔了聲：「嗯……從蛹壁特徵來看與幼年的蝴蝶相像，但從突起的性狀判斷，又有點像第二階段的蠶蛹，真是有點奇怪，我從沒見過這種生物……」

正說著，彩色屏幕上那部分蛹團開始有規律地蠕動起來，一鼓一鼓的，就像裡面有顆心臟在跳動。不多時，整個結蛹都開始蠕動，更多的黏團從結蛹底部不停地往下滴著。

陳軍連忙收起攝像機，大聲道：「小心，快散開！」

隊伍裡有很多人都是退役下來的特種兵，均在軍隊中受過專業作戰訓練，他們立刻護著隊伍裡的人四散躲開，其他十幾人則都舉起M4A3步槍，開啟槍管下方安裝的戰術手電筒，幾十束藍幽幽的白色強光同時打在那個蠕動著的結蛹上。

結蛹越蠕動幅度越大，底部的黏團拉著長線噗噗往下滴，一個巨大的圓形物在結蛹中慢慢往下墜，似乎要把結蛹撐破。大家都屏住呼吸，眼睛死死盯著這個奇怪的東西。林小培嚇得閉上眼睛躲在田尋懷中，連看都不敢看。

忽然，結蛹下方裂開一個大口子，一團白色物體從裂口裡慢慢冒出，顫巍巍晃動幾下，終於「噗」的一聲掉在地上。

白色物體在地上左右蠕動著，漸漸有了形狀，外形好似一大一小兩個黏連的圓團。接著從圓團底下慢慢探出八根還帶著黏液的細長腳，這回大家都看清了，原來是一隻大白蜘蛛。

白蜘蛛在地上蹣跚掙扎了一會兒，漸漸爬起來，身上還往下淌著黏液，肚腹底下一鼓一鼓地呼吸，全身除了兩隻拳頭大的黑眼珠外都是奶白色的，長相十分怪異。

尤全財看得心驚膽戰，顫聲道：「這……這是什麼鬼東西？」

這白蜘蛛足有小飯桌大，行動也變得十分迅速，牠在地上快速爬了幾米，藉著帶起來的風，身上黏液頓時風乾，又跑了幾步，身上居然漸漸長出幾寸長的白色茸毛。

林小培哪見過這麼大的蜘蛛，頓時尖叫起來。白毛蜘蛛聽到聲音，循聲向林小培迅速爬去，林小培嚇得腿都軟了，連話都說不出來。田尋雖然也嚇得心跳過速，但仍然拉過她護在身後。附近的一個持槍傭兵側步跨上，左手一拉槍機，子彈上膛剛要舉槍瞄準，不料那蜘蛛爬得飛快，轉眼間就來到他近前，兩隻前腿一撐，從肚腹底部嗤嗤飛出兩條透明的蛛絲，正打在他臉上。

這人嚇得大叫，張開嘴卻發不出半點聲響，因為整張臉已經被膠黏的蛛絲封得死死的。他心中大駭，右手下意識連扣扳機。

「嗒嗒嗒！」槍口噴出長長的火舌，清脆的槍聲在甬道中嗡嗡作響，震得人耳朵發麻。林小培雙手捂著耳朵把頭埋到田尋懷中。這人雖然眼睛看不到，但頭腦還算清楚，他憑記憶朝面前那隻白毛蜘蛛射擊，剛好打在這隻蜘蛛身上。這蜘蛛出生才幾分鐘，哪見過這種武器？在五點五六口徑突擊步槍轟擊下被打得連連後退，身上噗噗冒血，翻身仰面朝天不動了。

呂連常和另外三人連忙上前幫這名傭兵弄掉頭上的黏液，費了好大勁才撥開，此人憋得差點窒息，滿臉紫紅，估計再晚幾分鐘就完了。林之揚嚇得渾身打顫，戰戰兢兢地問：「這……這是什麼蜘蛛？太可怕了！」

王植躲在眾傭兵身後直打哆嗦，林振文心有餘悸地問他：「王……王教授，你見過這種大蜘蛛嗎？」

「這種……難道……」王植滿臉疑惑，「難道是山海經中所說的山蜘蛛？」

「什麼山蜘蛛？」尤全財問。

王植道：「是古書中記載的一種生物，專門躲在深山岩石中，看到獵物就會射出黏液將獵物包裹起來，再用消化液慢慢吃掉，最後只剩獵物的殘骸。可那種生物早在前漢就滅絕了，而且也沒有記載說是結蛹生物，難道這真是山蜘蛛？」

林振文對史林道：「去看看那蜘蛛死了沒有！」

史林武功高強，基本上沒什麼事物能讓他感到害怕的，即使面對虎豹也毫無懼色，但看到這種巨大的白毛蜘蛛，卻覺得腿肚子有點轉筋，後腦勺發麻。他舉槍慢慢朝蜘蛛走去，見那蜘蛛如籃球般大的腦袋已經被子彈射得稀爛，血流滿地，顯然早就死透了。

「早就被打爛了！」史林回頭道。

大家這才敢上前細看。見這白毛蜘蛛身上的茸毛密密麻麻，看得人頭皮發麻，渾身不舒服。呂連常帶了四個兄弟來投奔林之揚，剛才有個兄弟差點被那蜘蛛給暗算了。他氣往上撞，跑過去用力踢了蜘蛛屍體一腳，罵道：「什麼臭怪物，老子剝了你的皮！」

剛說完，姜虎手指前方甬道頂壁大聲道：「快看，那邊幾個結蛹也裂開了！」說

第三十一章　結蛹蛛

話間，又是噗噗幾聲，從另外幾個結蛹又掉下幾大團白色黏液，在地上不停蠕動。

「快打爛那些黏團，免得再有蜘蛛爬出來！」杏麗雖然也怕得要死，但頭腦卻很清醒。幾名傭兵不由分說抬槍就射，幾團黏液還沒等爬出蜘蛛，就被子彈打爛。

田尋用強光手電筒照著前方，問：「不知道前面還有沒有未生產的結蛹，如果有的話，我們最好盡快將蜘蛛消滅在萌芽時！」

林振文點點頭：「沒錯，姜虎，你和史林各帶自己的隊員往前方五十米處搜尋壁頂，遇到結蛹就給我打爛！」兩人同時應聲，各帶五人向前走去，身影漸漸隱沒在黑暗中。

不多時，就見甬道深處亮起幾條火舌，同時槍聲四起卻不慌亂，顯然是他們在冷靜地清理結蛹。無線對講機中不時傳來姜虎的聲音：「前方四十米處安全，繼續前進！」

眾人這才敢繼續向前走。尤全財和林之揚腳步故意放慢落在最後，提拉潘知道這兩個人此刻是最害怕的，於是留在隊尾做掩護。

忽然從對講機中傳來史林驚恐的喊聲：「這裡有大量結蛹，掉下的黏團不斷爬出蜘蛛，至少有……有上百個，請求支援，快！」

林振文和陳軍、杏麗等人互視一眼，臉色大變，陳軍連忙揮手下命令：「呂連常分隊和王教授分隊快去支援！」十二名隊員立刻向甬道前方奔去接應。

此時史林和姜虎他們還在苦苦支撐，藉著搖曳的M4A3步槍手電筒光束可以看到，在甬壁頂部密密麻麻吊著幾百個結蛹，這些結蛹幾乎緊挨在一起，所有的結蛹都在一鼓一鼓地蠕動，一眼望去彷彿有人操縱，十分可怖。

這些結蛹相繼吐出白色黏團，地面上白毛蜘蛛已聚了百十來隻，正迅速撲上前來。史林和姜虎他們邊退邊射擊，十幾條火舌打得眾蜘蛛前仰後合，鮮血飛濺到處都是，可蜘蛛們似乎根本不知道害怕，仍然前仆後繼地衝上來。

史林等人火力雖猛，但總得更換彈夾，就在這緩一緩的時機，白毛蜘蛛越逼越近，其中兩隻最靈活的甚至已來到姜虎面前不到五米處。「颼颼颼！」幾束蛛絲迅捷地飛向姜虎，姜虎連忙縮頸藏頭來了個烏龜避蛇，幾束蛛絲貼著姜虎腦皮越過，啪啪幾聲打在他身後兩名隊員臉上。

那兩名隊員大驚，左手胡亂抹著臉上的黏液，右手舉槍就要射擊，姜虎怕他們誤傷隊友，連忙大叫：「趴下別動，兩側掩護！」

這兩人畢竟都在軍隊中受過訓練，在整個腦袋都包裹在黏液的情況下全都趴在地上，兩側四名隊員剛好換上了新彈夾，一拉槍機共同開火，將那兩隻打頭陣的蜘蛛射死。

這時呂連常帶著四名隊員也已趕到，他們沒注意有幾隻蜘蛛已經趁此空檔偷偷繞到他們身後，其中一名隊員感到身後似乎有動靜，回頭一看嚇得夠嗆，見一隻大白毛蜘蛛離自己尚不到一米，幾乎伸手就能碰到，這人立刻端槍瞄準，他知道這蜘蛛就會吐蛛絲，只要牠前腿一撐要抬肚子，就先打牠一梭子再說。

誰想這蜘蛛並沒吐絲，卻揚起兩隻前腿，在面前交替晃了幾下，不知什麼意思。那隊員正納悶時，忽然蜘蛛兩隻前腿迅速揮動，將胸前的白色茸毛急速撓向空中，頓時那隊員被漫天白毛籠罩，頭上、身上都沾滿茸毛。

這隊員連眼睛也睜不開，忙不迭用手去撲落，說也奇怪，這些白色茸毛沾身即黏，怎麼也撲落不掉。那隊員心驚肉跳，還沒等張嘴求救，忽覺全身火辣辣地劇痛，好像被人架在火堆上烤，他疼得一把拋掉槍，雙手捂著臉大聲慘叫，瘋狂地朝前方跑去，剛跑了幾步，就「硄」地撞在石壁上，他似乎絲毫不疼，又像沒頭蒼蠅似地回頭狂跑，再撞得頭破血流，終於支持不住，一頭栽到地上來回打滾。

第三十二章　神祕殼

眾人嚇了一大跳，只見這人裸露在外的皮膚紫黑，並且立刻生滿了紅腫疙瘩，越來越大。呂連常剛要上前扶他，旁邊一名隊員是雲南人，熟悉各種帶毒生物，連忙叫道：「別碰，那茸毛有毒！」

呂連常嚇得連忙後退，那中毒的隊員臉上紅疙瘩越來越大，噗噗幾聲，紅疙瘩破裂流出黑色腫水，這隊員起初還在地上來回扭動號叫，漸漸地聲音變小，最後終於不再動彈。

這情景可把別人嚇壞了，按理他們都是刀頭舐血的人，槍頂在腦袋上恐怕也不會求饒，但這種殘忍的死法令他們有點反胃。呂連常大叫：「二林子，二林子！」臉上悲痛異常。

這隊員是呂連常十幾年的哥們，關係十分要好，此刻好朋友卻變成了一具流著膿水的臭屍，也難怪呂連常難過。姜虎叫道：「大家避開蜘蛛正面，以免受傷，快分成四隊後撤，兩前兩後錯開站位，我要扔手雷了！」

第三十二章　神秘殼

一人說：「甬道太小，衝擊波會傷到我們！」

「那就扔催淚彈！」史林掏出兩個催淚瓦斯彈準備扔出去。無線對講機中傳來王植的聲音：「史林，蜘蛛類動物不怕毒煙，瓦斯彈是沒用的，你們要另想辦法！」

史林見情況緊急，也沒聽他的，直接拽開瓦斯彈的拉環放在地面上噴口朝前。頓時濃烈的黃白色壓縮煙霧狂噴而出。大批白蜘蛛正紛紛湧上來，遇到瓦斯氣體卻毫無懼色，直接穿過煙霧向眾人撲來。

這下大家都傻眼了，姜虎邊跑邊掏出一顆高爆手雷，叫道：「他媽的大白蜘蛛不怕瓦斯彈，只能扔炸彈了！大家快用耳罩塞住耳朵，聽我號令！」他拽開手雷的拉環，右手大拇指一動，底火保險片爆出，心中默數三秒鐘後高高拋出，同時大聲道：「臥倒！」

十幾人早已將專門避免爆炸衝擊波損傷耳朵的專用耳塞堵好，同時向前魚躍臥倒。

「轟！」

一團火光在甬道裡猛然閃起，伴隨著巨大的響聲，氣浪和濃煙在甬道中急速掠過，十幾名隊員都堵了耳塞，但畢竟甬道空間太狹窄，還是震得每個人頭腦發麻，耳根發脹。

在後方等待消息的林之揚等人也全都做好了躲避準備，氣流經過一百餘米後已是強弩之末，沒什麼危害了。尤全財被京城十三太保圍在當中，毫髮無傷，但他還是大罵：「耳朵都要震聾了，那幫ㄚ挺的在他媽搞什麼鬼？」

林振文再也忍不住了，斥道：「尤先生，他們是來保護我們的，剛才還死了一名隊員，你就不能少發點牢騷嗎？」

尤全財把眼一瞪：「小子，你有什麼資格指責我？別忘了這次盜漢計畫我是出了錢的！讓你爹來和我說話還差不多！」

林振文冷笑道：「正因為雙方都出資，我才對你這麼客氣。」

「不客氣你能怎麼樣？嚇唬我嗎？」尤全財擺出一副潑皮相，旁邊的京城十三太保也都怒目而視。

林之揚連忙勸解：「都少說兩句！我們不是來旅遊的，危險還沒過去，希望我們能團結一點！」隨後用無線對講機問姜虎：「傷亡情況怎麼樣？大白蜘蛛還有嗎？」

「死了一名隊員，是呂連常小組的。蜘蛛暫時沒追上來，但都停留在前方約四

第三十二章　神秘殼

十米處，估計一會兒還會反撲。我們準備原地觀察，你們先不要跟過來。」姜虎報告道。

這時提拉潘透過對講機說：「我建議你們先退回來，然後找九人分成三組，採用三種高度用紅外線瞄準鏡遠距離狙擊這些蜘蛛，這樣比較安全些。」

姜虎等人覺得有道理，於是同史林召集隊員後撤與林之揚等人會合。林振文挑了九名槍法準的人，如：提拉潘、姜虎、法瑞爾和呂連常等，這九名隊員三站、三蹲、三伏，呈品字形交叉站位，分別舉槍瞄準前方。

果然，不到兩分鐘，又有幾十隻大白蜘蛛越過被炸爛的蜘蛛屍體爬上來，腳爪踩著石壁地面，發出一種巨大的嘩嘩聲。林小培嚇得大叫：「牠們又過來了！」

提拉潘右眼透過10倍紅外瞄準鏡鎖定了最前面那隻大白蜘蛛的腦袋，嘴裡說道：「改成點射模式，射擊！」

「嗒嗒嗒嗒嗒嗒！」

九支M4A3突擊步槍有規律地吐出條條火舌，這些人都是百裡挑一的神槍手，更有兩人曾是上世紀九十年代末的全運會移動靶射擊冠軍，最擅長中遠距離射擊，不僅命中率高，所中之處皆是蜘蛛要害。旁邊有人專門負責遞送彈夾，只見那些大白蜘蛛紛紛於幾十米外被射死，直到最後蜘蛛屍體堆積如山，幾乎要把甬道堵死了，但仍然有不知死活的蜘蛛們深一腳、淺一腳地爬將出來，然後再被打死。

過了十分鐘左右，再無蜘蛛爬過來，看來已經死得差不多了。林振文命令史林和姜虎帶隊上前查看。幾名隊員費力地爬過堆積如山的蜘蛛屍體，但見血流滿地，腥臭無比，要不是大家都戴著呼吸器，恐怕都得嘔吐。

越過蜘蛛屍堆後，見前面已沒了活的蜘蛛個體，但石壁頂端還有幾十個沒蠕動的結蛹，似乎還沒到生產蜘蛛的時候。幾名隊員用子彈將最後這些結蛹全部消滅後，又前進了一百多米，見前方已然沒有結蛹，史林才讓大家跟上來。

林振文看到蜘蛛屍堆，雖然戴著口罩式呼吸器，卻還是感到有點噁心，林小培早已忍不住，摘下呼吸器嘔吐不止。杏麗定力稍強些，但也彎腰扶牆，一陣乾嘔。

田尋連忙帶著林小培後退幾十米休息，陳軍命令幾名隊員上前將蜘蛛屍堆搬開，清理出一條可供兩人並行的道路來。幾人戴上特製手套開始搬動蜘蛛屍體。這些蜘蛛屍體滑膩爛臭，十分噁心，他們都是別過臉去幹活，生怕自己一不小心就吐出來，心中均在暗罵。

好容易清出通路，大家總算脫離了這個令人作嘔的地方。

第三十二章　神秘殼

為以防萬一，仍然由史林和姜虎各帶五名隊員在前方五十米處打頭陣，雖然姜虎心中極不願意，但沒有回頭路，也只好硬著頭皮上路。繼續走了一百來米，忽然史林叫道：「姜虎，你看前面是什麼？」

大家用手電筒照去，見前方不遠處的地面上有一個略呈橢圓形的硬殼，仰面朝天就像一個大碗，史林慢慢湊過去，見硬殼直徑約有五米，高度也有一米多，殼內空空如也，還散發著一股淡淡的藥味。

「這是什麼東西？」史林問姜虎，姜虎也搖了搖頭，伸手敲敲硬殼，探頭見硬殼內壁乾枯陳舊，似乎已很有些年頭。

幾人查看了硬殼周圍，並無異狀。史林說：「再向前走看看！」

走了不到五十米，又發現一個幾乎完全相同的硬殼，眾人皆奇。在不到一千米的距離內，史林他們總共發現了十六個這樣的巨大硬殼。隨後林之揚等人也趕了上來，大家都圍著這十六個硬殼議論紛紛。林小培更是東敲敲，西扳扳，甚至還要跳進硬殼裡去玩玩，被田尋拉了下來。

林之揚問王植這是什麼，王植戴上眼鏡，認真地在硬殼四周查看，十幾分鐘過後，王植疑惑地道：「真奇怪，水生物居然跑到陸地上來了？」

「什麼水生物？看出來了嗎？」

王植說：「這硬殼從紋理和形狀來看，應該是海鱟殼，可我從沒見過這麼大的鱟！」

「海鱟是什麼？」田尋問道。

王植回答：「鱟是一種遠古生物，五億多年前就存在了，和三葉蟲是親戚，這種生物幾億年來仍然保持不大的變化，可稱化石級生物，現在也是國家保護動物，數量很稀少。」

尤全財不耐煩地說：「別講課了，你就說這東西有沒有危險吧！」

「危險倒是沒有。」王植摘下眼鏡道，「鱟在海裡是以星蟲和軟體動物為食，但體型都偏小，最長的不到一米，而這麼大的鱟殼我倒是頭一回碰到！」

林之揚不解地說：「海中生物怎麼會跑到這甬道裡來的？」

田尋道：「是不是這附近的地質層以前曾經是大海，地質變遷後移到了石川河、或者渭河中，又無意中從哪個缺口裡跑進這個甬道的？」

王植搖搖頭：「不可能！鱟是海生物，別說到陸地上，就是在淡水中也不能生存！」

第三十二章　神秘殼

「那就怪了！」林之揚說，「乾脆我們繼續前進，先不要在這裡耽誤時間了。」

大家繼續前進。姜虎叫道：「停住，前面有東西！」

一名隊員舉望遠鏡道：「前方被封死了，沒有路！」

「那有什麼東西？是牆嗎？」林振文問。

那隊員說：「有一堵石牆，牆中央有個圓形物體，上面還有十幾條像腿一樣的東西，不知道是什麼！」

「在動嗎？」

「完全不動，是靜止的！」

史林和姜虎對視一眼，各自舉槍慢慢前行，快來到甬道盡頭時，姜虎忽然發現前方不遠處石壁頂上竟吊著一座燭台。

這燭台分成四支，每支上都立著一根未點燃的灰色蠟燭，奇怪的是整條甬道長十幾里，卻只有這裡孤零零地吊著一座燭台，很是怪異。

姜虎剛才打大白蜘蛛害了怕，以為這也是什麼結蛹之類的生物，連忙舉槍射擊。「砰砰！」兩槍過後，斷了主桿的燭台掉下來摔得七零八落。兩人來到近前，見這燭台也沒什麼特別，只是那四根蠟燭顏色灰撲撲的，而且還擰著麻花勁，不知是用什麼材料製成的。

再往前走，甬道盡頭果然沒了路，只有一面石壁牆，平坦的石壁還殘留著明顯人工開鑿痕跡，石壁中央開了個圓形口，一個橢圓形的東西堵在圓口中。這東西呈黑灰色，表面起伏不平，更奇的是還生著六對竹節似的細長腿，每根長腿都有一米來長，末端分叉，有點像鉗子。

史林撓撓腦袋：「哥們，這是什麼東西，你見過嗎？」

「沒有，我哪見過這玩意？還是叫王教授過來看看吧！」姜虎道。

後面的人也跟了上來，王植撿起地上的灰蠟燭來回仔細看，又湊近鼻子聞了聞，有股淡淡的腥味。他道：「這種味道帶著海生物的腥氣，似乎有海生軟體動物成分。」

林之揚問：「難道也是鮫人膏一類的可燃物嗎？」

王植搖搖頭：「這可不好判定，某些海生物的確能當燃料，但必須含有油脂成分，否則不行。」

那邊姜虎用手輕輕碰了碰甬道堵頭那六對細長腿：「真奇怪，這東西顏色和剛才看到的十六個硬殼差不多，而且上面還有點濕度，你們來摸摸看！」

第三十二章　神秘殼

王植走過去摸了摸，的確觸手潮濕，不像那十幾個硬殼乾癟灰枯。姜虎捏著其中一隻細長腿來回拽，這長腿生有三節，關節處仍有彈性，可以自由伸縮。他說：「王教授，這些長腿會不會是什麼機關？」

王植皺了皺眉，忽然眼珠左右一轉，大聲道：「別摸它，快後退！」

還沒等姜虎回過神來，忽然他手中捏著的那隻長腿猛然縮回，姜虎大驚剛要後退，那長腿又迅速伸出，末端的大鉗子一把將他右臂鉗住。

姜虎疼得大叫，左手從腿邊皮套裡抽出軍用匕首閃電般揮斬，「嚓」的一聲輕響，長腿被攔腰斬斷，斷口處湧出大股藍色液體，液體流在地面上，嗤嗤冒起股股藍煙。王植道：「遠離藍色液體和煙霧，有劇毒！」姜虎邊退後、邊用力去拽手臂上的斷腿，可那鉗子夾得極緊，居然怎麼也拉不下來。

史林見狀掏出手槍，對準其中一隻鉗臂連開兩槍打斷，斷腿啪嗒掉落在地，傷口處仍在不停湧出藍色液體。

「大家退後，快退後！」姜虎忍著痛大叫。眾人連忙護著林之揚等人後退十幾米，只留十幾名持槍隊員在前掩護。

這時，就見那堵著的灰黑色圓形物體慢慢向後挪動，隨後向前撲倒。這回大家才看清，原來這是個圓盤狀巨型生物，前端像個半月鏟子，邊緣處鋒利無比，硬殼下六對巨爪是足，身後還拖著一根足有三米多長的尖刺。

這生物剛才一直豎著身體堵在甬道盡頭，就像一堵牆似的，現在才露出本相。

「開槍，開槍！」幾名隊員早已扣動扳機，子彈隨著火舌傾瀉在這生物身上，說也奇怪，這生物的外殼似乎刀槍不入，子彈打在殼上連火星都不濺，直接彈開，隨後這生物長腿連爬，迅速朝眾人爬去。

王植驚恐地叫道：「是巨形陸鱟！」

「什麼是陸鱟？」林振文等人緊張地邊退邊問。

王植道：「是一種傳說中的上古生物，也是海鱟的分支變種，專在地殼斷層帶和洞穴中生存，血液有劇毒，大家要格外小心！」正說著，那陸鱟已跑到一名動作慢些的隊員身邊，那隊員舉槍狂射，專門打牠硬殼下的長腿，陸鱟也不躲避，直衝上前，前端鋒利的甲殼邊緣像鍘刀似地將這隊員頂在石壁上。

「嚓！」那隊員身體直接被甲殼切成兩段，鮮血順著硬殼噴湧而出。這隊員上半截身體斜歪在地，雖然一時未死，但也是口吐鮮血，大聲呻吟，痛苦不堪。

旁邊一名隊員見他不得活了，只好抽出手槍向他頭部開了一槍，免得多受苦楚。

第三十二章　神秘殼

提拉潘帶著三名隊員繼續向陸鱟腿射擊，那陸鱟似乎有點害怕了，轉頭就跑，趁三名隊員放鬆警戒時，那陸鱟將尾刺高高抬起。

王植大叫：「快躲開，小心牠的尾刺！」

提拉潘身手敏捷，雙腿一彈身體倒縱出去，但其他三名隊員沒這種身手，只得轉頭逃跑，但已經晚了。那陸鱟將尾刺對準一名隊員，然後急速後退，長長的尾刺像尖矛一般插入那名隊員前胸，直接貫胸而過。那隊員長聲慘叫，口吐鮮血，雙手仍然緊緊握著M4A3步槍，他狂叫著向硬殼瘋狂射擊，子彈四散彈射，其中一顆子彈直接反彈打進他額頭，立刻斃命。

陸鱟尾刺上穿附著一具屍體，行動稍慢了些，但仍然爬得比人快，隨後又向那日本人宮本撲去。宮本左手拎著武士刀，站著一動不動，也不躲避。羅斯．高躲在後面用日語大叫：「宮本，快跑啊！」

宮本仍然不動，好像被嚇傻了。那陸鱟來到近前，想用邊緣鋒利的甲刀削他時，宮本身形一晃來到陸鱟側面，大家只見白光一閃，宮本右手抽刀出鞘，立刻又插回鞘中。隨即陸鱟的兩隻左側節肢斷落，藍血直冒。

陸鱟顯然疼了，牠掉轉身體，用帶著屍體的尾刺去扎宮本，宮本向側面跳開，再次抽刀，刀身在空中劃出一道優美的白色弧光，「嚓！」陸黴長長的尖刺被攔腰斬斷，藍色血液像水槍一樣噴出老遠，正好射在一名隊員大腿上，黑色防寒制服立刻被燒得嗤嗤冒煙，那隊員嚇壞了，以為自己必死無疑，提拉潘掏出一瓶礦泉水澆在他腿上，說：「別害怕！這制服襯裡有金屬絲網，不怕腐蝕。」

再看那陸黴行動蹣跚，僅剩的幾隻長腿無力地爬著，根本無法帶動沉重的身軀。姜虎右臂剛才被夾得生疼，他惡向膽邊生，掏出一顆高爆手雷，拽掉拉環大聲道：「大家快退後，我要扔手雷了！」

第三十三章　母鱟

大家連忙後退，直退出五十米開外，並全部臥倒。姜虎拇指鬆開彈片，趁著陸鱟朝他慢慢走來的時機，彎腰將手雷順地面滾向前方，隨後他飛奔離開。

陸鱟哪知是計，仍舊慢吞吞地向姜虎逼近，將手雷踩在肚子底下。

「轟！噗！」

一聲悶響，只見巨大的陸鱟殼從濃煙中飛起兩米多高，然後再落下重重砸在地面。煙霧散去後再看，陸鱟早已被炸得腸穿肚爛，只剩那個堅硬無比的外殼冒著煙落在大片藍色血泊中。

眾人來到死鱟屍體前，王植道：「我終於知道那吊在石壁頂的燭台是做什麼用的了！」

「做什麼用的？」眾人都問。

「那是用星蟲乾屍擰成的蠟燭。鱟最喜食星蟲，但星蟲燭台吊在石壁上抓不到。鱟一生要脫十六次殼，最後一次脫殼後就不用吃食物了，但這隻鱟仍然被星蟲乾屍所吸引，牠站在甬道盡頭彈起身體去抓燭台，當然抓不到，而身體也卡在甬道口，牠的頭離星蟲燭台近了很多，又捨不得落下來，於是就成了堵在甬道口的一堵活牆。直到姜虎把燭台打下來，鱟這才離開甬道口向我們襲擊。」

「原來是這樣！」林振文歎道，「真佩服古人，居然想出這種方法，讓鱟世代傳承來阻擋外人！」

王植又說：「鱟的血液中含有銅分子，所以呈藍色。但在空氣中暴露二十分鐘後，銅分子氧化揮發就沒有毒了，我們等二十分鐘再走過去，這段時間正好休息一下，大家喝口水。」

二十分鐘過後，史林、姜虎和提拉潘踩著藍血再次走到甬道盡頭，見前方是一個圓頂石廳，方圓三十餘米，腳下深不見底，似乎隱約有水流之聲傳出，僅在正中有一條石砌台階向上延伸直到廳頂，廳頂也是黑糊糊的看不清東西。提拉潘掏出望遠鏡從側面望去，見這石砌台階寬約十米左右，向上延伸後又平直伸出，然後再斜坡向下，通向前方的一扇裝飾著獸頭的石門。

提拉潘用無線對講機召眾人跟來，他對宋越道：「宋教授，你來看看對面那扇石門。」宋越接過望遠鏡看去，說：「嗯……典型的前漢風格，左右兩扇門均用神獸貌

第三十三章　母鸞

貅的頭做浮雕裝飾，兩隻貔貅左單角、右雙角，分別為『天祿獸』和『辟邪獸』，只有在西漢時的貔貅才分雌雄，從東漢以後就不分了。」

史林站在石廳邊緣探頭朝下看，見腳底下深不見底，他側耳運內功細聽了半天，說：「這下面應該有水流，俺聽到了持續的流水之聲。」

郎世鵬問：「難道這下面與石川河的河道相通？」

「就沒有別的可能嗎？」王植問，「也許下面是人工灌注的貯水池呢？」

宋越搖搖頭：「那不可能，如果不是活水的話，再多的水一千多年也會蒸發掉了，這說明只可能是活水，肯定是地下河道無疑！」

田尋說：「看來是建地宮的時候不小心打通了河道，沒辦法只好加固建個高台，防止河水倒灌入地宮。」

「沒錯。」宋越說，「修建帝陵打出水來是大凶之兆，估計當初張湯一定封鎖了消息，否則他早掉腦袋了。」

林之揚道：「就算下面是水，我們也不能掉下去。」他命令兩名隊員沿石砌台階上去探路。

這些隊員都是從世界各個地方被召來的，每人都先收了三十萬美元訂金，他們個個心裡都挺高興，還以為找到了大財東，直到進入甬道遭遇各種危險時，才知道自己是來打頭陣、當炮灰的。

兩名隊員極不情願地互相看看，慢吞吞地邁上台階，向前走去。

兩人平端步槍，槍側的戰術手電筒直射前方，後面眾人也都用強光手電筒為他們照亮，四十幾支手電筒組成的光束照得台階亮如白晝，兩人的膽子又大了些。

田尋回頭去取礦泉水想喝一口，見王植面露猶豫之色，似乎要說什麼。他掏出水瓶喝了幾口，隨手遞給王植：「王教授也喝口水吧！」王植接過來喝了一口，剛要再喝，卻停下小聲對田尋說：「我擔心的是雌的。」

「什麼……什麼雌的？」田尋不解。

王植低聲道：「鱟這種生物和鴛鴦相同，成年後都是成雙成對的，在海中捕鱟的人，抓到一隻就會有另一隻在附近。剛才炸死的那隻我仔細辨認了一下，是雄的，而雌鱟一般都比雄鱟體型大很多，所以我擔心……」

兩人正說著間，那兩名隊員已經走了幾十磴到平面石台上。這石台長約十米，然後再順階而下，兩人步步為營，一直走到平台末端，見前面向下的台階不過二十幾磴，下去後對面就是貔貅石門，已經近在咫尺。

兩人心中欣喜，加快腳步向前跑去。一條腿剛踩到台階上，忽然身後眾人大聲驚呼，兩人心中一跳，齊回頭問：「怎麼了？」

史林大聲道：「小心頭頂！」

兩人抬頭望去，只見從頭頂黑暗之中探下一對長長的鉗爪，分別鉗住兩人的脖子，長爪將兩人雙腳拎離了地。兩人大駭，舉槍想要射擊，可鉗爪漸漸收緊，兩人的脖子幾乎要被切斷了，連氣都喘不上來，更別提開槍。

後面的人看得清清楚楚，立刻有人舉槍向鉗爪射擊。十幾顆子彈準確擊中鉗爪，噗噗冒出藍色血液，鉗爪正在往上提人，挨打後立刻鬆開鉗爪抓著的兩人，但其中一隻鉗爪已經移到深淵上方，那名倒霉的隊員身體向黑洞洞的深淵直線掉去，只聽長聲慘呼，聲音漸漸變遠，十秒鐘後才隱隱聽到「咚」的一聲輕響。

另一人命大，剛好雙手抓住了石階邊緣，他奮力向上攀爬，鉗爪縮回黑暗中，又從另一方向探出兩隻更粗更長的鉗爪，直向他頭頂抓去。

提拉潘見情況危急，早已從背包中取出槍掛式榴彈炮掛在M4A3槍管下方，他猜石台上方的黑暗中必定藏著一隻巨大的生物，於是端槍瞄準一扣扳機，「通！」榴彈炮飛出擊向黑暗處，「轟！」藍血四濺，炮彈果然打到了東西，那兩隻鉗爪也縮回。

下面吊著的隊員連忙趁機擰腰爬上來，飛奔而回，算是撿了條命。

眾人眼前一花，有個巨大的黑影從上方跌落在石砌平台上，砸出一聲巨響，連腳下的地面也微微顫動。這回大家的嘴都閉不上了，只見這是一隻更大的陸鱉，比剛才那隻大上一倍有餘，渾身黑中發亮，十二隻長爪牢牢抓住地面，尾刺足有十米長，左右不停擺動著。

「這……這麼大的陸鱉？」林之揚幾乎不敢相信自己的眼睛，雙腿也有點發軟。林小培嚇得臉色慘白，緊緊抱著田尋渾身發抖。

王植喘著粗氣說：「這是一隻巨型母陸鱉！我終於親眼見到真的了！」

「快射擊！」呂連常一聲大喊，手下三人一齊向母陸鱉開火。

母陸鱉抗子彈能力更強，身體前端的半月形硬殼好像打磨過一樣，尖銳得反光，沉重的身體順台階向下迅速滑去，大家嚇得半死，連忙向甬道內退卻。甬道寬約十五米，這母鱉身體約有十米寬，仗著周身都是鋒利的甲殼，身體在甬道中橫衝直撞，又有一名隊員來不及躲避，被牠前端尖銳的甲殼擦腹而過，肚子橫切開一半，鮮血內臟順傷口流了滿地，這隊員號叫著，躺在地上掙扎爬行，腸子拉出老長，狀極可怖。

姜虎和史林一面指揮隊員護送林之揚等人遠遠避開，一面與母鱉緊張周旋。提拉

第三十三章　母鱟

潘跳到母鱟背後，舉槍向牠的尾刺射擊，那母鱟就像後面長著眼睛，尾刺向提拉潘猛掃，提拉潘縱身躲過，母鱟的尾刺順勢回掃，將一名隊員手中步槍掃落在地，巨大的撞擊力同時撞傷了那人肩膀。

大家見這母鱟比剛才的公鱟強壯得多，都有點膽怯、畏縮，牠行動異常迅速，用手雷也難炸到牠，一時不知如何對付。

史林邊端槍射擊、邊問姜虎：「這傢伙太難對付，怎麼收拾牠？」

王植被眾隊員遠遠隔開，但仍舊看得清楚，他喘著氣用無線對講機說道：「陸鱟最怕細菌，而且仰面朝天後就很難翻過身來，和烏龜一樣，想辦法讓牠翻身！」

「開什麼玩笑？我們哪有這麼大力氣？」姜虎哭笑不得。

這時那母鱟向史林直衝過來，史林藝高膽大，他也不躲，一提丹田氣縱身跳上母鱟後背甲，母鱟感覺到背上有人，牠左側六條腿同時用勁撐起身體，整個鱟殼向右傾斜，想把史林掀翻。史林腳下使了個「千斤墜」的功夫，把一股丹田氣都沉在兩條腿上，雙腿就像牢牢焊在了鱟殼上，同時整個人也瞬間加重了幾百斤。

母鱟感覺後背越發沉重，牠很不舒服，龐大的身軀左搖右晃，卻無法將史林掀翻。這時提拉潘眼前一亮，大叫道：「好機會！趁那怪物傾斜時，我們一齊用力掀翻牠！」

姜虎和呂連常等人立時會意，這時剛好母鱟身體極力左斜想甩掉史林，右側六條長腿幾乎完全離地，鱟殼呈45度斜角。提拉潘一聲暴喝，雙腿一屈一縱，騰空向母鱟使了個「野馬蹬空」，「砰」地踢在鱟殼內。提拉潘自幼修習古泰拳，這一腳足有千斤力量，把母鱟踢得幾乎豎了起來。

旁邊姜虎見此情景也是一聲大喊，助跑十幾步後縱身飛躍，單腿向鱟殼用力蹬去。這下母鱟的身體已經完全豎直，但重心尚未調整好，左右搖晃不定。此時呂連常早已在M4A3步槍上掛裝了榴彈炮，抬手就是一炮。

「轟！」這一炮等於在投河者背後又推了一把，母鱟完全失去重心，鱟殼翻轉斜倚在石壁上，全身動彈不得。巨大的母鱟殼斜靠在石壁上，十二隻長腿好似巨船的船槳，不停地在空中劃來劃去，卻毫無辦法，模樣十分滑稽。史林早已縱身彈開，和姜虎、呂連常對視一眼，三人哈哈大笑。

呂連常罵道：「他媽的大殼怪，你剛才的威風哪去了？」

這時王植他們也縮頭縮腦地走過來，宋越問：「牠……牠不會再翻過來吧？」

「不會的。」王植道，「鱟全身肌肉百分之八十都集中在那十二隻長腿上，其他

第三十三章　母蠶

位置絲毫用不上勁，所以大家不用擔心，牠現在就是任人宰割。」

「那我們該怎麼弄死牠？總不能就讓牠在這兒靠著吧？」呂連常問。

王植說：「蠶的心臟呈四片分布在第二對足中間，你們看，那裡有個菱形的胸甲，胸甲後面就是心臟了，也是牠的最大弱點。」

「太好了！我先拿牠練練槍法再說！」呂連常舉起步槍開火，子彈如雨點般打在那塊菱形胸甲上。母蠶顯然疼得受不了，十幾隻長腿快速亂動，忽聽「噗」的一聲，母蠶胸甲被打漏，大股藍色液體狂噴出來，噴了一會兒又改為間歇性地冒，顯然是心臟在泵血。母蠶的十二隻長腿痙攣著，抽搐著，漸漸血越流越少，最後終於流盡，長腿也無力地歪倒不動。

大家齊聲歡呼，林之揚在林振文和杏麗的攙扶下，擦著汗走過來說：「真是太險了，不過還好打死了牠，否則我們還真頭疼！」

姜虎道：「這多虧了王教授，不然我們也找不到對付牠的法門，哈哈！」

王植笑了：「沒什麼，畢竟學了幾十年生物學，多少還是能派上用場的。二十分鐘後藍血毒性就會消失，那時候我們再走過去。」

林之揚讚許地點點頭，告訴大家原地休息一會兒。姜虎清點人數，發現已經死了五個人。

田尋抱著林小培不停安慰，但林小培仍然心有餘悸，嚇得渾身哆嗦。她帶著哭腔說：「真後悔跟著來這裡，我好想回去……」

尤全財在旁邊邊喝水邊罵：「丫挺的，我他媽還想回去呢！這鬼地方根本就不是人待的！」

林振文最討厭他發牢騷，抬腕看了看錶，站起來說：「時間到了，大家繼續前進！」

眾人踩著藍血再次來到石砌台階，這回都安全地邁了過去，來到貔貅石門處。

這石門高約六、七米，左右兩隻貔貅口中各銜石環一個。姜虎來到門前，側身伸手拉著石環用力拽，結果很輕鬆地就拉開了，史林也同樣拉開另一扇門，強光手電筒照處，見裡面是一條狹窄的青石通道，寬不超過四米，縱深二十幾米處左右分叉，形成了一個丁字路口。

林振文命令史林和姜虎進去探路，兩人將槍換上新彈夾，再將戰術手電筒擰到最大亮度，抖擻精神邁步向前。

走到通道盡頭，史林向左，姜虎向右，兩人分頭探路。

第三十三章　母鬶

十分鐘過去了，兩人仍然沒回來。林振文有點著急：「為什麼還沒回來？會不會出什麼事了？」提拉潘看著手中的衛星定位儀，屏幕上兩個小紅點正在迅速移動著，移動的路線均為直線，只是左拐右拐地好像在走迷宮。

林之揚用無線對講機呼叫：「史林、姜虎，你們在幹什麼？」

史林回答：「我有點迷路了！這裡像迷宮似的，轉得我頭暈，地面上還有很多散落的金銀珠寶和死人屍骨，我正在順原路往回走！」

正說著，見代表姜虎的那個紅點已經順原路轉了回來，陳軍道：「姜虎先回來了。」剛說完，就見姜虎從丁字路口的右邊拐出來，喘著氣說：「原來是個迷宮！轉了有幾里路也沒看到什麼，都是用青石砌成的通道牆，要不是定位儀上有行動軌跡，我根本就回不來，腦子完全亂了！」

「怎麼會這樣？」林振文疑惑道。

「這不奇怪。」林之揚從懷裡拿出一個金屬軸，擰開軸口倒出一張布帛地圖展開，「你看，這地圖上畫得很清楚，整個陵墓地宮外形呈『鼎』字形，下面這些互相聯通又彎來彎去的通道就應該是我們面前這座迷宮了。其實這東西只能騙騙古人，漢武帝和張湯都不會想到幾千年後的中國人會拿著衛星定位儀來盜此墓，迷宮形同虛設。我們現在就按照之前會議上佈置的方法兵分六路，同時進行探路。」

陳軍說：「每名隊長必須密切監視定位儀上的圖像，千萬不可失去其他隊伍的位置，一遇情況隨時溝通，我們六隊的無線對講機都是連著的。」

大家都點了點頭。史林問：「那迷宮裡散落的珠寶和屍骨又是怎麼回事？」

林之揚說：「當年董卓和黃巢的軍隊都洗劫過茂陵，肯定是那時留下來的痕跡，我們不用管。」說完後他一擺手，眾人魚貫而入開始行動。

史林、姜虎和提拉潘三隊先向左，其他三隊則往右去，遇到岔路口後隊伍再分開走，就這樣，六隊人馬分別朝六個方向在迷宮裡開始探路。

林小培開始非要跟著田尋走，但林振文要她必須跟著自己，她只好無奈地離開田尋身邊。田尋緊跟在姜虎身後，手拿著定位儀邊走邊注意其他五隊的行動線路。

看著彩色屏幕上的線條，田尋忽然覺得有點好玩。郎世鵬問：「你在笑什麼？」

田尋指著屏幕說：「郎教授，你看屏幕上這六條不斷延伸的紅線，像不像螞蟻爬過沙土留下的痕跡？」

姜虎側頭掃了一眼：「哈哈，別說，還真有點像，虧你想得出！」

第三十三章　母鬻

「我倒覺得這裡似乎不光是迷宮那麼簡單，一定要小心為上。」一郎世鵬提醒道。

田尋點了點頭，忽然屏幕閃了幾下白光，畫面頓時消失了。田尋連忙停下，敲了敲定位儀面板，沒有反應，屏幕又跳出一些雪花，徹底變成無信號的藍色。

第三十四章 八卦金盤

這下大家都傻了，姜虎大驚，連忙用無線對講機聯繫林振文：「老闆，我這邊的定位儀壞了，沒有畫面，我這邊……喂，喂！」

「怎麼了？」田尋和郎世鵬齊問。

姜虎說：「對講機沒有聲音，什麼都聽不到！」

其他五名隊員試著聯繫別組，也是毫無聲息，不由得都緊張起來，紛紛問：「怎麼搞的，難道兩樣東西一起壞掉了？」

田尋說：「八部無線對講機不可能同時損壞，應該是這裡沒有衛星信號。」

郎世鵬立刻道：「不可能！我們用的是世界最先進的衛星測時測距定位系統，無論是深海和高山都能監測到，除非地球軌道上的24顆GPS衛星毀掉，否則不可能沒有信號！」

「那是怎麼回事？」五名隊員都冒汗了。

姜虎道：「大家先別慌，順原路往回走一段，看是不是有信號屏蔽。」幾人憑記

第三十四章　八卦金盤

憶順原路退回。

剛開始有定位儀的時候，大家走得比較輕鬆，也沒想過要記住路線，現在定位儀忽然失效，幾人這才發現來時的路線竟完全忘了，毫無半點印象。八個人像沒頭蒼蠅似地進也不是，退也不是，就在迷宮中亂穿亂撞。

迷宮裡不時會遇到地面散落著一些枯骨，這些枯骨顏色灰暗，一腳踩上去就成了粉末，顯然年代極遠，應該是當年董卓、黃巢或赤眉軍盜墓時留下的，旁邊地面和牆上隱隱有深色痕跡，恐怕是陳年血跡，而每副枯骨旁都會有一些散落的金銀珠寶，起初隊員們看到地面有珠寶就撿起來裝進背包，但隨著路越走越多，背包也越來越沉，看似零星的珠寶居然重得令人喘不過氣來，無奈只得扔掉大部分珠寶。就這樣走了二十多分鐘，除了散落在地上的金銀珠寶之外，仍然毫無收穫。隊伍開始產生焦躁情緒，一人道：「姜虎，我們總不能就這樣來回亂跑吧？連隻蚊子都看不到，也不知道哪條路走沒走過，怕是要活活把人給憋死！」

他這麼一說，其他四人也都紛紛表示不滿，恐懼情緒頓時蔓延開來。姜虎深知此時最要緊的就是鎮定，他斥道：「秦龍，你少在這裡說廢話，我們不會用粉筆在牆上做記號嗎？」

那叫秦龍的人不出聲了。田尋從背包中取出粉筆，凡是經過一個拐角就畫上箭頭。又走了二十分鐘路，忽然秦龍大叫：「前面牆上有箭頭！」

走過去一看，果然在牆上歪歪斜斜地畫著個箭頭。

郎世鵬喘著粗氣說：「看來，我們……真……真的是迷路了，在兜圈子玩！」

姜虎也洩了氣，田尋卻盯著牆上那箭頭看個不停。秦龍說：「你光盯那箭頭有個屁用？難道能盯出路來嗎？」

「你閉嘴！」田尋怒道，「這箭頭根本就不是我畫的！」

大家都傻了。姜虎滿臉疑惑：「你說什麼？怎麼可能呢？」

田尋說：「我畫的箭頭都是直線，而這個箭頭又歪又斜，根本就不是出自我手！」

郎世鵬說：「箭頭的樣子都差不多，而且你又畫了那麼多個，不可能個個都一樣吧？」

「我不會錯。」田尋道，「我記得很清楚，你們看，我畫的箭頭全是銳角，這是我的個人習慣，而這個箭頭卻是個幾乎接近一百八十度的鈍角，絕不會出自我手。這說明其他隊員已經到過這裡，他們也在用和我們相同的辦法留記號！」

第三十四章　八卦金盤

「太好了！這樣我們就可以匯集在一處了！」一名隊員欣喜地說。

郎世鵬問：「可問題是，這麼複雜的迷宮，兩隊想要碰頭也不是太容易的事。」

「管他呢！有機會總比瞎轉悠強吧？再找找其他的記號！」姜虎道。

幾人又在附近找了找，果然，很多箭頭都畫得大大小小，完全不是田尋留下來的。

正走著，忽然秦龍叫道：「前面有人，小心！」

大家連忙向兩側散開，姜虎和秦龍躲在拐彎處，同時舉槍用戰術手電筒照去。只見有個人影面朝內緊貼牆壁站著，背後似乎還連著一根長棍。姜虎向秦龍一努嘴：「你和他過去看看！」

秦龍不滿地說：「憑什麼讓我們去？」

「別忘了林老闆是怎麼吩咐的，每個小隊隊員必須無條件聽從隊長的調遣！」姜虎冷笑道。

秦龍從鼻孔中哼了聲，向另外一名隊員做個手勢，兩人悄悄貓著腰摸上去，姜虎等人在後面作掩護。當兩人來到近前時，都倒吸一口涼氣，只見這人穿一身黑色防寒制服，顯然也是自己人，後心被一根黑鐵長矛貫通刺入釘在牆壁上，早已斷了氣。秦龍上前扳過那屍體的臉，旁邊那隊員立刻說道：「這不是那個姓尤的老闆手下什麼『京城十三太保』嗎？怎麼死了？」

秦龍朝後面揚揚手，大家過來一看也都吃了一驚，田尋說：「這不是尤全財身邊的貼身保鏢嗎？」

郎世鵬順著長矛的方向朝對面牆壁看去，見牆壁上有個碗口大的黑洞，很明顯這根鐵矛是從這洞裡彈射出來。他大聲說：「大家小心，腳下不要亂動，這附近有機關！」

眾人都嚇得呆立在原處，連半步也不敢邁。田尋問：「這機關是如何觸動的？」郎世鵬四下看看，見地面上有一處方形石板陷下半寸，他小心翼翼地走過去，彎腰用手摸了摸，倒吸一口涼氣：「機關就在這裡，這個人踩到機關石板，所以被鐵矛刺中而亡。連鈦金屬絲的防彈背心都刺透了，足見這鐵矛力量之大。」

這下大伙都傻眼了，一名隊員顫聲道：「這……這迷宮都走不出去，現在又出現殺人機關，我們該怎麼辦啊？」

姜虎也沒了主意，看著郎世鵬和田尋兩人。郎世鵬說：「沒別的辦法，只好步步為營，小心前進。」田尋拿起定位儀，拔出嵌在側面的手寫筆，開啟手動輸入功能，

第三十四章　八卦金盤

說：「我們現在每轉一個彎，我都會在這定位板上畫出大致的路線圖，以免多走彎路。」

「好主意，大家密切注意腳下和左右兩側的牆壁，如果看到可疑處立即示警！」姜虎說罷，一行八人繼續前進。

走在前面的三個人緊張地用強光手電筒照著腳下，另四人則監視左右牆壁，生怕中了埋伏。走了不到十分鐘，忽然「颼」的一聲，不知從哪伸出一桿鐵矛，正刺中秦龍右肋，鐵矛又立即縮回，秦龍長聲慘叫，姜虎連忙上前查看，見防寒制服內的金屬網被硬生生扎破，還刺進肉裡至少兩寸多。

兩名隊員連忙從背包中取出醫藥包給秦龍包紮傷口，他疼得緊咬牙關，額頭上冷汗直往下滴，傷口處鮮血直冒，根本無法止血，一名隊員揭開他的衣服，用手直接用力捂在傷口上，但血還是從他指縫中汩汩流出。

「這可難辦了，止不住血啊！」郎世鵬焦急地說。秦龍緊緊抓著姜虎的手：「哥……哥們，你可得救救我呀……我、我家裡還有……」

「別說話，老老實實地別動！」姜虎斥道，將塗有雲南白藥粉末的繃帶纏在秦龍腰間，但傷口被鐵矛硬帶下一塊皮肉，實在沒辦法止血，眼看著秦龍臉色越來越白，身體也漸漸癱倒，最後終於不動了，而傷口還在不停地往外流血。

幾人圍在秦龍身邊，看著他漸漸冷卻的身體，心裡都很難受。姜虎慢慢站起來，在衣服上抹了抹血跡，撿起手電筒四下尋找剛才觸動鐵矛機關的引信。郎世鵬說：「這是個延時機關，引信肯定在後面幾米遠，為的就是迷惑人。不用找了，我們繼續向前吧！」

大家更仔細地注意腳下，行走的速度也慢了許多。田尋低頭盯著定位儀，所以他留在最後，他越看越疑惑，對郎世鵬說：「郎教授，你快來看！」他指著屏幕：「你看屏幕上我們的行動路線，畫出的形狀好像是兩個相對的丁字，難道這就是那布帛地圖上所說的『鼎』字形陵墓結構的一部分？」

郎世鵬道：「很有可能，你調出布帛地圖對照一下。」地圖裝載完成後顯示在定位儀屏幕上，郎世鵬用手指著地圖說：「你看，這鼎字的下半部分左右半邊基本上是對稱的，每半邊都像相對的丁字，和我們的行動路線基本一致，從圖上來看，我們現在的位置應該就是在右半邊。」

姜虎問：「那又怎麼樣？」

田尋說：「按地圖來看，陵墓神道在中心線上，那就是說我們要盡力向西走，來

第三十四章　八卦金盤

到丁字形的左邊緣才行？」

「對！」郎世鵬肯定地點了點頭。

那四名隊員看著田尋和郎世鵬，眼中充滿不信任。其中一人說：「你們的計畫可靠嗎？老外山姆介紹我們來是賺錢的，可不是來送死的！」

姜虎白了他一眼：「誰願意死？我願意嗎？全都是廢話！」

七人繼續行進。這下他們盡量朝西邊靠，又走了十幾分鐘，定位儀上的行進路線更清晰地顯示出半個「鼎」字來。大家又走了幾分鐘，忽聽一名隊員叫道：「前面那堵牆上有東西！」大家放眼望去，見面前是個死胡同口，牆壁上卻嵌著一只純金圓盤。

幾人仔細查看四周，沒發現機關引信，這才敢慢慢來到金盤周圍。這金盤造得極其精緻，外圈雕著精緻無比的花草花紋，金盤中央刻有六條凹印，左三右三，不知何意。

大家研究了半天，也沒弄明白這金盤起何作用。郎世鵬說：「這金盤肯定不是純粹的裝飾品，應該是個機關，要不我們試著轉動看看？」

姜虎說：「就是，光在這耗著也沒用，派一個人上去轉動金盤試試，你來！」他指著其中一名隊員說。那人上前雙手握住金盤，其他六個人不約而同慢慢後退，好像串通好了似的。

那隊員沒察覺，雙臂用力向左轉動金盤。這人是退役的五省拳擊冠軍，雙臂肌肉極為發達，兩膀至少也有幾百斤力量，金盤隨著他的動作跟著旋轉一周，隨即不動。

大家左右看看，沒什麼異常，姜虎剛要張嘴說話，忽然田尋感到腳下踩著的那塊石板似乎微微下落，他大叫一聲：「不好！」

還沒等他反應過來，在他前面的姜虎閃電般地將左手反探背後，猛抓住他胸口衣服用力一拽，只聽「鏘鏘」兩聲，田尋背後一根鐵矛如鬼魅般探出又縮回，幾乎就是緊貼著他後背的衣服，如果姜虎的動作再慢零點幾秒，估計田尋已經成了羊肉串。

緊接著死胡同裡又從不同方位鏘鏘鏘彈出六根鐵矛，直射對面牆壁，只聽兩聲慘叫，一名隊員被刺中手臂，另一人則被鐵矛直接從左肋扎進，橫穿釘在牆上，他慘叫數聲後就斷了氣。

剩下幾人連忙退出胡同口，田尋在一瞬間死裡逃生，嚇得面色慘白，心臟怦怦狂跳，連話都說不出來。

郎世鵬摸著田尋後背被鐵矛刮破的衣服，歎道：「你真命大，要是姜虎的手再慢半分，你這脊椎就斷了！」田尋慢慢緩過來，緊緊握著姜虎的手：「姜大哥，你……謝謝你……」

姜虎嘿嘿笑了：「咱哥們是什麼關係？你也不用謝我，日後請我吃頓海鮮就行了！」田尋眼眶濕潤，笑著連連點頭。

那手臂被刺穿的隊員疼得大叫：「你們快來……快來救我啊！」

幾人警戒地掃視四周，沒再發現其他異常，大家連忙上前去拔鐵矛，可這鐵矛就像被炮筒打出去似的，沒入牆壁至少半尺深，根本拔不動，這隊員掛在鐵矛上，疼得豆大汗珠直滴。

「這可怎麼辦？」田尋焦急地說。姜虎拿過背包翻了半天，大叫一聲：「有了！」居然翻出一把德國博世牌微型高溫氣焊割槍來。

郎世鵬欣喜地說：「太好了，還有這好東西！」姜虎找出壓縮氣體罐，打開保險扣塞進氣焊槍裡，轉動鎖定後再開啟焊槍的保險開關，對田尋說：「你拿兩瓶礦泉水來幫我降溫。」又對那隊員道：「你忍著點疼，把臉轉過去，我要割鐵矛了，其餘人散開！」

眾人連忙退出胡同，姜虎按動槍柄的打火開關，「砰」的一聲，氣焊槍口呼呼噴出藍色火焰來。姜虎轉動溫度開關，火焰的顏色由藍變白達到最高溫度，湊到鐵矛近前去切割鐵桿。

火苗呼呼地舔著鐵桿，鐵桿慢慢變紅，田尋連忙擰開礦泉水瓶，將冷水澆在靠近隊員手臂的那一側鐵桿上，水汽嗤嗤直冒，即使這樣，那隊員仍然感到燙得難受，他強咬著牙忍住。

鐵桿漸漸由紅變白，火花四濺，鐵水也順著切割部位流下來，田尋兩瓶水很快用完，立刻有人送上新的水瓶，那隊員被燙得鑽心疼痛，額頭上的汗如同水盆潑頭般嘩嘩流淌，牙根也咬出了血，臉色從紅到青，再由青變白，再也挺不住了，扯嗓子大叫起來。

郎世鵬大聲道：「快點，他快支持不住了！」那隊員撕心裂肺地大叫：「別割了，讓我死了吧，快給我一槍！」

正說著，就見隊員身體一栽歪，鐵桿終於被割斷了。隊員癱倒在地不省人事，大家連忙用大量冷水沖洗鐵桿和他受傷的手臂，同時把水潑在他臉上幫助降溫。

十分鐘後鐵桿變得溫了，姜虎命兩人抱住那隊員身體，自己雙手攥住鐵矛長桿，大喝一聲，用力將鐵矛從他手臂中拔出。此人立刻疼醒，鮮血從傷口兩端直噴。郎世

第三十四章　八卦金盤

鵬連忙取出雲南白藥粉和繃帶給他紮上，但這是貫通傷，止血很難，卻一時也沒別的辦法。

兩名隊員左右攙扶著傷員繼續前行，這回大家在郎世鵬的帶領下換了個方向，改向西北走。在一處牆壁上，田尋發現有大片血跡，姜虎上前查看，見血的顏色不是很新，但顯然不是陳年血跡，姜虎眉頭一皺，疑竇頓生。

轉了也不知道多少個彎後，忽然前面又發現一個同樣的死胡同，牆壁上仍然嵌著一只金盤，只是上面的圖案變成了一長四短，共五條凹印。郎世鵬忽然醒悟過來：「這是八卦圖啊！」

田尋也看明白了，郎世鵬隨即說：「剛才我們轉的那個金盤是坤卦，坤在八卦義理中為死門，主死喪埋葬，屬大凶之卦，所以田尋才差點中了埋伏，而這個應該是艮卦，為生門，主生育萬物，是大吉之卦，這次應該沒問題了，再去轉動試試看！」

那退役拳擊冠軍左右看看，說：「難道還讓我打頭陣？」

「你手臂力量大，我們都轉不動，真的。」姜虎笑著道。

那人氣壞了，但也得聽隊長命令，只好上前去轉金盤。向左轉半圈後沒什麼反應，金盤也不動了，他再用力去轉，可卻如蜻蜓撼鐵樹般金盤紋絲不動。

「左面轉不動，要向右面轉嗎？」他回頭問。

卻見姜虎他們五人遠遠退到胡同口之外，都靜靜地看著他。這隊員頓時火了：「他媽的，原來你們都跑遠了，讓我一個人當炮灰啊？」

姜虎尷尬地笑了：「不是這個意思，我們是怕打擾你幹活，你們說是吧？」其他人也都笑著附和，幾人又都返回胡同口裡，但卻都警戒地掃視四周，隨時準備逃跑。

那人鼻中哼了聲，又用力向右轉動金盤，金盤隨手而動，轉了九十度之後金盤忽然彈出半尺，露出裡面的一個金屬軸來。

第三十五章　曼達拉克果

「有門！繼續轉試試！」郎世鵬說道。那人繼續轉，可又轉不動了，再往回轉，一百八十度後金盤又「啪」地縮回，忽聽軋軋連聲，嵌著金盤的這面牆壁開始緩緩後退，左右各露出一米多寬的空隙來。眾人大喜，用強光手電筒照去，見外面像是一條寬闊的廳道。一名隊員解下背包順地面滾扔出去，沒什麼異樣，大家這才鑽出迷宮。

外面的確是一條長廳，地面全是大塊青石，只有中央用漢白玉鋪成一條細長的玉路，上面雕刻著龍紋圖案，遠遠望去，面前兩百餘米處似乎有燈光閃爍。

「這就是外神道！」郎世鵬非常激動，「沒想到我們居然能找到這裡，太幸運了！」大家也都鬆了口氣，想到自己沒死在迷宮中，確實是很走運。

一名隊員忽然斜跑出去，從牆角處抱起一口箱子，大笑著說：「有財寶、有財寶啊！」大家一看，見是一口梨木寶箱，外嵌玉石和銀片，裡面裝了半箱珍珠項鍊和玉墜。另外兩名隊員見牆邊還堆著十幾口箱子，在珠寶財物中還散落著許多骷髏骨架，骨架間有長矛鐵槍、大刀斧鉞等銹跡斑斑的古代兵器，再看長廳的地面上散落著很多珠寶，好似曾經被人洗劫過。

幾名隊員不顧三七二十一，都飛奔過去爭搶起珠寶來。

姜虎叫道：「都給我放下，滾回來！」

一名隊員回頭瞪了他一眼：「喊什麼？我們來不光是保護人的，也是來尋寶的，哪個找到的寶貝就歸哪個！」

姜虎氣極了，他舉起M4A3步槍叫道：「誰再敢不聽話就打死他！」

三名隊員也不是省油的燈，都舉起手中槍對準姜虎。田尋見姜虎占不到什麼便宜，他眼珠一轉，哈哈大笑。笑得三名隊員心中發麻，齊問：「你笑個什麼？」

田尋笑道：「我笑你們三個也有點太鼠目寸光了。這是什麼地方？漢武帝的茂陵啊！寶貝能少嗎？這些東西在你們眼裡很值錢，在這裡卻只是隨便堆在牆角，可見人家皇帝根本沒當回事，你們還當成寶貝似地不鬆手，難道不可笑嗎？」

三人聽了也覺有理，又問：「那又怎麼樣？畢竟也是財寶啊！」

「這只是外神道，裡面肯定還有更多的寶物，我要是你們，就丟下這些芝麻，準備去撿更大的西瓜。」

三人聽了田尋的話，互相看看，手中槍慢慢放下。姜虎心中暗暗感激田尋，表面

第三十五章　曼達拉克果

上也假裝著說：「這回知道為什麼不讓你們動這些破爛了吧？快走吧，前面好像有燈光，去看看怎麼回事！」

大家扔下珠寶，向著前面燈光閃爍之處走去。越走離燈光越近，可以清楚地看到前面有兩個水池，水面各有一個小亮點。幾人加快腳步正行走間，忽聽左側軋軋連響，牆壁忽然突出一塊，閃出幾個黑影來。

幾人嚇得連忙舉槍瞄準，卻聽對面響起女人清脆的聲音：「別開槍，是我們！」

大家定睛一看卻是杏麗，身後還跟著陳軍、法瑞爾和另外一名隊員。熟人見面，分外親切，雖然大家平時並不是特別地欣賞彼此，但能在這裡碰上，卻讓人感覺比遇到親舅舅還親。尤其是杏麗，見田尋和姜虎都活著，她快步走過來抓住田尋：「你沒事吧？受傷了嗎？」

田尋挺感動，說：「沒事，但我們死了兩個隊員，還有一個受傷。你們呢？」

杏麗向後一擺臉，顯而易見，她這小隊除了陳軍和法瑞爾之外還應該有三名隊員，此刻卻只看到一人，顯然死了兩個。另外，陳軍大腿上包著繃帶，看來是掛了彩。田尋問：「陳大哥，你的傷要緊嗎？」

陳軍面無表情：「沒事，死不了。」

姜虎指著法瑞爾手中的定位儀問道：「你們的定位儀也失靈了嗎？」

杏麗甩了甩長長的秀髮，點點頭：「完全成了擺設，對講機也壞掉了，看來是這陵墓裡有東西屏蔽了衛星信號。」郎世鵬擦著汗，喝了口水說：「衛星信號能覆蓋全球，深入地底可達兩千米，真不知道這茂陵是靠什麼力量居然能讓衛星信號失靈，真是想不通。」

話音剛落，身後五十多米處又響起軋軋聲，卻見尤全財帶著三個手下從牆壁機關走出，邊走邊不住地咒罵，一見到田尋等人在這裡，四人連忙快步跑過來。

「這傢伙還挺走運，居然也活著出來了。」姜虎小聲嘀咕。

田尋問：「尤先生，在迷宮裡碰到過其他人嗎？」

尤全財神情倨傲，看都沒看他一眼，也不答話，卻笑嘻嘻地對杏麗說：「美女妳也沒事啊？這可太好了，看來我們還是有緣的，不知道還能不能見到林振文他們，唉！」

他話裡有話，杏麗聽了心中十分憤恨，臉上卻帶著媚笑：「怎麼，尤老闆，如果我老公出不來，你還有什麼想法嗎？」尤全財大喜，涎著臉剛要說話，他的一個手下紅著眼睛說：「我們有三個哥們被鐵矛機關刺死了，操他媽的，真可恨！」尤全財把

第三十五章　曼達拉克果

要說的風言風語硬生生嚥回去，側頭狠狠瞪了那人一眼。

郎世鵬對杏麗說：「看來我們的隊員都有折損。不過還好，現在我們三隊碰到一起了，可林先生他們三隊還沒消息，我們是在這裡等，還是？」

杏麗也沒了主意，剛才她在迷宮中親眼看到同隊的兩名隊員被帶著倒鉤的鐵矛活生生掏出內臟，腸子流了滿地，兩人最後痛苦地疼死，雖然杏麗生性潑辣狠毒，卻也沒見過這副慘狀，嚇得她花容失色，所以一看到田尋安然無恙，心中就非常高興，但腦子卻已經完全亂了。

田尋說：「定位儀和對講機全失靈，我看咱們還是在這裡多等一會兒，盡量不要再次分散了。」大家都看著杏麗，等她的意思。尤全財出言反對：「他們三組還能不能活著都不知道，死等有什麼用？大家還是跟著我繼續前進吧，有了財寶大家平分！」

除了尤全財手下的三位太保，杏麗等人都對尤全財怒目而視。尤全財剛要瞪眼睛，一看這裡只有三位是自己的人，明顯力量不夠，於是只好不作聲。

忽然長廳後面遠處又傳來軋軋聲，田尋欣喜地說：「又有人出來了！」

杏麗也叫道：「振文！」大家放眼望去，見最先從牆壁機關跑出來的是羅斯・

高，隨後是提拉潘、宋越、呂連常，然後王植和林之揚一家三口也跟了出來，後面跟著十幾名隊員，還有那個日本人宮本。羅斯．高邊跑邊捂著胳膊，哭喪著臉罵道：「該死的，我為什麼要到這裡來？上帝詛咒的鬼地方！」

杏麗上前和林振文擁抱，激動得差點哭了。林小培也飛奔到田尋懷中大哭，田尋撫摸著她的頭髮，同時感覺到她的身體在不停顫抖，顯然心中很恐懼。他問：「妳沒受傷吧？」

林小培搖搖頭，淚眼婆娑地看著他：「我看見死人了，死得好可怕，好慘！」

「人總是會死的，不用害怕。」田尋只能這樣安慰她。

郎世鵬高興地問林之揚：「你們三隊是怎麼逃出迷宮的？」

林之揚累得直喘，林振文一邊扶著他，一邊說：「多虧了宋教授，要不然我們也轉不出來了！」

「到底怎麼回事啊？」田尋急切地問道。

宋越笑著擦頭上的汗，說：「這個『鼎』字形迷宮其實有規律可循，你們可能沒發現。」

「什麼，有……有規律？什麼規律？」姜虎問道。

第三十五章　曼達拉克果

「這迷宮雖然複雜，但卻留了一個後門，你們注意到了嗎？迷宮裡經常會碰到一種反U字形牆道，凡是在這種牆道裡都會嵌著一個金盤，上面有八卦圖符，分別代表休、生、傷、杜、景、死、驚、開八門，只有找到生和開兩個活門才能走出來，反之就只能兜圈子。」

田尋問：「那要怎樣才能找到兩個活門？」

宋越接過杏麗遞給他的一瓶水，喝了幾口說：「這八個金盤分別按八卦圖的方位嵌於鼎字迷宮中，每邊四個，只有艮、乾兩門的位置在外神道上，我給你們畫個圖看。」他掏出一根粉筆，在地面的青石板上畫了個鼎字形地宮簡圖，邊畫邊講解。

「這是八個金盤的位置，如果用直線將它們連起來，外形就像一個沙漏。剛才我們在探路的時候總共碰到了巽和兌門，這兩門分別值杜與驚，是大凶、小凶之方位，結果我們在這兩個地方都有人喪生。隨後我發現巽門朝東南，兌門朝西，按照八卦義理來推斷，那麼乾門和離門就應該分別朝向西北和南，我們只需找到乾門也就是開門，就可以脫出生天了。於是我建議隊伍向迷宮的中部靠攏，還算運氣好，終於找到了乾門，但也損失了兩個人，可惜，如果我能再早些推斷出就好了，唉！」宋越說完不住地搔頭，似乎死人的錯在他身上。

林之揚安慰道：「老宋，你也不必自責，如果不是你，我們恐怕還得死更多的人。」

田尋說：「我們這隊人馬也多虧了郎教授，不然恐怕還要有傷亡。」

尤全財手下的兩名太保從地面撿起一些散落的珠寶，問：「怎麼茂陵只有這點值錢東西？」

「這是當年被洗劫後遺留下來的。」郎世鵬道，「茂陵在歷史上被董卓、呂布和黃巢的軍隊都盜過，那時黃巢幾萬軍隊搬了半個多月，茂陵仍有很多財寶沒搬完，這些珠寶和骨架應該就是當年的痕跡。」

尤全財問：「那茂陵裡豈不是沒什麼東西可尋了？」

林之揚笑了：「從地圖上看，這裡只是外神道，真正的地宮核心在內神道前方的『目』字形梓宮中，那裡的財寶才是目標，大家不用擔心。」隨後他命令陳軍清點人數，三十五名傭兵死了十五名，因為已經找到外神道，所以剩下的人也無須再分隊伍，大家給傷員包紮過傷口後，繼續向外神道內部前進。

定位儀仍然失靈，因此大家更加小心謹慎。走了一百多米，長廳到了盡頭，地面有兩個方形大坑，坑中裝滿黃色液體，液體上分別漂浮著一盞純銀油燈，燈芯呈鮮紅

第三十五章　曼達拉克果

色，居然還燃著火光。兩個大坑之間有一個巨鼎，鼎中裝滿泥土，土中生著一株綠葉植物，這植物大葉如芭蕉，正中一根莖又細又長，末端長著幾十顆紅豆。

郎世鵬奇道：「這地底陵墓居然還有長明燈？」

「一千多年的油燈還未熄滅，這地宮裡還有氧氣？」宋越感到難以置信，他走到大坑邊彎腰伸手撈了一把坑中的黃色液體，放在鼻前聞了聞：「是菜油，坑裡全是菜油。」

提拉潘也說：「既然有氧氣，那我們也就不用再戴呼吸罩了吧？」

「理論上是這樣的，因為火光是必須要有氧氣支持才能燃燒。」王植點點頭。

姜虎一把扯掉呼吸罩：「都快憋死我了！」田尋剛要阻止，但他已經摘掉了呼吸罩。姜虎大喘了幾口氣，別人幾十雙眼睛都死死盯著他，姜虎看了看大家，說：「沒什麼啊，這裡空氣很充足，哈哈！」

眾人這才陸續摘下呼吸罩，果然，地宮內空氣很充足，毫無胸悶之感。宋越說：「其實我早就該想到這步，早在甬道裡發現大白蜘蛛和陸鱟時就應該想到，那些白蜘蛛和結蛹都是需要氧氣的生物，連通河道的那個大坑中常年流水，水中的氧分子不斷逸出，同時流水也能帶走空氣中的汙濁之氣，氧氣沖淡了斷神香的毒氣，同時也順石門縫隙進入迷宮，經年累月就充滿了整個地宮，我們很幸運，因為呼吸罩早晚也有失效的時候。」

「那就好，看來是天不絕我尤全財，說不定真能找到驚世財寶呢，哈哈哈！」尤全財仰天大笑，旁邊的京城九太保臉上卻殊無欣喜之意。

大家交談間，王植逕自走到那個巨鼎前，仔細看著鼎中生的這株綠葉植物，臉上露出疑惑之色。田尋過去問：「王教授，這又是什麼古怪植物？有毒嗎？為什麼種在這裡？」

「很眼熟，是曼陀羅草嗎？可又不像……」王植自言自語地道。

田尋忽然記起什麼來，他緩緩抬頭向上方看去，忽然驚恐地說：「是它，是曼達拉克果！」

大家被嚇了一跳，都抬頭看去，只見廳頂處吊著一具男人屍體，這男人全身赤裸，長髮披肩，全身肌肉蠟黃乾癟，活像蠟做的人體標本。

林小培嚇得尖叫起來，再也不敢多看一眼。提拉潘舉起望遠鏡觀看：「是一具乾屍，死了很久，沒什麼可怕的。可為什麼會吊在這裡？」

田尋手指向乾屍說：「我在書上見過這東西，這株曼達拉克果就是靠乾屍澆灌出

第三十五章　曼達拉克果

來的！」

「什麼？」林振文心中一陣發毛，「說得詳細點！」

田尋大腦急轉，邊思考邊說道：「那還是我上大學的時候，曾經在學校圖書館的一本古歐洲圖冊中看到有種傳說，說犯了姦汙死罪、被處以絞刑的男人會在吊死之後滴下精液，然後精液落入土中，會生出一種叫曼達拉克果的詭異植物。這種植物的根形似人體，莖上生出紅果，非常稀有。如果被人發現，人們就必須得將它的根拔出來，否則就會遭到詛咒，獲滅頂之災。」

大家聽了田尋的解釋都非常驚奇。王植站在旁邊，滿臉疑惑之色。史林奇道：「還有這種花草？俺還真是頭回聽說過，在河南深山裡俺採過幾百種草藥，也不知道有這玩意！」林之揚在腦中思索著，不置可否。

田尋點點頭：「我也僅是在那本古文獻圖冊中見過它的手繪圖，外形非常之像，而且上方也吊著男性死屍，所以才懷疑是它。」

杏麗微紅著臉，心中暗想：死了的男人還會流出精液？

「按你的說法，我們見過了這種花，就必須將它的根拔出來，要不然就會倒霉，是吧？」呂連常問。

田尋笑著說：「古文獻上是這麼說的，而且還說這植物的根被拔出時會發出叫聲，玄得很。說實話以前我也不信有這回事，但現在親眼看到了曼達拉克果，我也有點相信了。這世上有很多東西我們無法解釋，也有很多物種我們根本不瞭解。」說完，他用期待的眼神看著呂連常。

呂連常從他的眼神中讀懂了意思，問：「誰拔都行嗎？有沒有什麼危險？」

「文獻上沒說有危險，只說如果不拔出來才會有危險。」田尋漫不經心地說。

王植也道：「那還真得拔出來，不然我們大家都會遭到詛咒，那可不好。」

「那還等什麼？」呂連常上前幾步剛要動手，又回頭對他手下說：「你去拔下來！」

那手下是呂連常的親信，十分忠誠，他應了一聲，上前伸右手抓著那曼達拉克果的葉根用力向上拔。誰知這果根扎得很深，一拔之下根部只在土中動了幾動，竟沒拔出來。那人有點疑惑，雙手共同用力握住葉根，「嗨」地叫了聲，「嘩！」一聲曼達拉克果粗大的根部破土而出。

忽然大廳中響起一陣怪異的慘叫，聲音似乎是從鼎中傳出來的，那人身體猛地痙攣，好像當胸被人打了一拳似的，搖晃了幾下栽到地上，雙手抓喉，表情十分痛苦。

第三十六章　幻覺

「怎麼回事？」大家都怔住了。呂連常連忙上前查看，這人緊緊捂著脖子不鬆手，面色卻越來越白。王植上前撥開呂連常：「讓開，我看看！」

他左手抓起這人的手腕，右手伸進他胸口一探，道：「心跳正常，但卻沒有脈搏，真奇怪！」

史林聽了連忙走上來，拉開這人的防寒上衣，伸出食、中兩指壓在他左肋下體表處，閉上眼睛側耳不動，十幾秒鐘過後，史林突然叫道：「他的血液凝固住了！」

「怎麼可能？你怎麼知道？」林振文說。

史林道：「少林內功裡有一項叫做『凝血爪』的功夫，中招者全身血液會越流越慢，其症狀就是面色發白，有心跳而無脈搏，左肋下『京門穴』跳動不止，現在他也是這樣。」

呂連常瞪著眼睛問田尋：「怎麼會這樣？」

田尋一臉無辜：「我也不知道為什麼，那古文獻上的確是這樣講的！」

「有辦法救嗎？」林之揚問道。

史林伸手從背包裡取出一個布包，又在裡面拿出一個小紙包，倒了些粉末在手心裡，再兌上礦泉水用手指調勻，說：「把他雙手拉開！」

提拉潘和姜虎上前，每人拽住他一隻手腕同時用力，這兩人都練過內功，手勁不弱，硬將那人兩手掰開。史林左手捏開他的下巴，將藥水硬灌進嘴裡，再推嚴下巴，右指猛戳在他胸口「膻中穴」上，這人忍不住「咕嚕」一聲將藥水嚥進肚裡，隨後連連咳嗽。

史林放開他，站起來說：「這是少林專治行血的祕藥，管不管用就看他的造化了。」

呂連常扶起那人上身，說：「兄弟，堅持一下，你可千萬要挺住啊！」正說著，忽然那人雙眼發直，手腳亂蹬，身上泛起紫青色的血管。呂連常叫道：「這是怎麼回事？」再看那人把頭一歪，身體不動了。王植連忙上前摸心臟，又翻起他眼皮看了看瞳孔，搖搖頭：「不行了，瞳孔放大，已經死了。」

「他媽的！」呂連常用力捶地面，手指著田尋叫道，「你不是說拔出來就沒事了嗎？」

第三十六章　幻覺

田尋無奈地攤開手：「文獻上只說碰到這曼達拉克果就必須拔出來，否則大凶，我哪知道拔果的人會死？」

王植也跟著打圓場：「就是，那種古文獻半真半假，誰也無法考證哪句是真的，就算是真的，也總得有人去拔吧？要是沒人做這事，總不能我們大家都跟著倒霉！」

呂連常是個粗人，他一想也對，如果不是自己留了個心眼，現在死的人就是自己了，想到這不由出了一身冷汗。他看著懷中兄弟的屍體，歎道：「唉！兄弟啊，我們十幾年交情，沒想到你卻死在一棵草上……」

杏麗偎在林振文身邊，心有餘悸地說：「我真是頭一次看到會慘叫的植物，太可怕了！」

林之揚看著落在鼎中的曼達拉克果，疑惑道：「會發出叫聲的植物……確實匪夷所思，我從沒聽過。可漢武帝陵中放這株植物又有什麼用處呢？」

田尋心中暗笑，又說：「那古文獻上還說過，曼達拉克果成熟後結的紅果裡面有一種奇異力量，人服下後可以看到自己未來的命運，但也不知道是真是假。」

「什麼？有這麼神奇？」一直無精打采的羅斯·高此時卻來了精神，「那咱們每人吃一粒，看看能不能在茂陵裡起出財寶，哈哈哈！」

田尋道：「那你就吃一顆試試！」

「我怎麼知道有毒沒毒？」羅斯・高一點都不傻，「要麼你先吃？」其他人都把目光轉向田尋。

田尋眼光掃視著這些人，見他們臉上分別透著興奮、緊張、希望、貪婪和欲望等神色，深知這些人都是心存無底欲望之輩，他又想了想自己，思索在自己心底藏有什麼樣的欲望……

忽然，他笑了：「沒問題，我先吃，如果毒不死人，你們也要跟著吃，否則別怪我貪心！」說完他大踏步走到鼎前，伸手揪下一顆鮮紅如血的果粒扔進嘴裡吞下。

林小培驚叫起來：「大笨蛋，你還真吃呀？有毒怎麼辦？」

田尋一笑：「我命大，毒不死的。」

林之揚、林振文、杏麗、尤全財等幾十人此刻全不作聲，都靜靜地看著田尋。

過了幾分鐘，田尋忽然對林之揚說：「林教授，你真想把茂陵裡的財寶運到國外賣掉，以換取你的大富大貴？」

林之揚被他說得一愣：「當然了，怎麼？」

「怎麼？我不許你這樣做！」田尋怒目而視，「如果人人都像你這樣無恥，那中國早晚還得做亡國奴！現在你必須解散隊伍，回頭是岸還不為遲，要是再繼續執迷不悟，小心身遭天譴！」

林之揚被這一番話說得渾身發抖，臉上露出羞愧之色。旁邊的林振文斥道：「臭小子，你放什麼屁？我們用得著你來指責嗎？」

「你給我閉嘴！」林之揚大罵林振文，「田尋說得對，我……我不應該做這種喪盡天良的事，我不能！」

杏麗和林振文均呆了：「父親，你……你沒事吧？」

林之揚把手一揮：「所有人都給我順原路回去，哪個再多廢話，我一分錢酬勞也不給他！」說完他扭頭就走。其他人面面相覷，都沒反應過來。林之揚大罵：「還發什麼呆？一群飯桶，還不快走！」

大家只得都往回走。好容易順迷宮再回到甬道，出了螺旋通道回到地面上。陳軍打開金屬大門，眾人回到鋼鐵廠會議室。

田尋命令林之揚立刻打電話給咸陽市公安局報警，警方趕來後立刻將眾人控制住，並派大批警員進入甬道來到茂陵，找到大量文物寶物。

咸陽市公安局長在茂陵入口親自和田尋親切握手，說：「感謝你，田尋同志！你為國家剷除了蛀蟲，同時也使國家免遭巨大損失，請允許我代表全國人民，向你表示最崇高的敬意！」

說完，局長向田尋行了個標準的軍禮。田尋看著旁邊林之揚等人被警察押上警車，笑得嘴都合不上了，他說：「這是我們百姓應該做的，不客氣！」

局長笑著說：「你的通緝令也同時取消，而且國家準備授予你英雄衛士稱號，並在全國進行巡迴演講。」

「太好了！」田尋非常高興，這時趙依凡從遠處走來，摟著田尋的脖子，笑吟吟地說：「你這個小色狼居然也能成為英雄，看來我要考慮你做我的老公啦！」田尋高興極了：「真的？」

趙依凡給了他深深一吻：「當然，你不喜歡我嗎？」

「當然喜歡，當然喜歡！」趙依凡咯咯嬌笑，田尋高興極了，也跟著趙依凡一起笑起來，他越笑越開心，越笑聲音越大。

忽然，田尋覺得眼前發黑，他使勁眨了眨眼，卻見自己仍然站在茂陵地宮外神道中，再看林之揚他們都用疑惑的眼神看著他，呂連常站在旁邊，剛收回右手，顯然剛才是他打了自己眼睛一拳。

第三十六章　幻覺

田尋摸摸發腫的眼圈，剛要發火，林小培卻衝上來怒道：「你為什麼打人？」呂連常嘿嘿一笑，連忙解釋：「他站在那發瘋、說胡話、還傻笑，我這是讓他清醒一下，他應該感謝我才對。」

田尋左右看看，頓時明白了剛才的場景原來全是幻覺。林振文問：「你剛才怎麼回事？雙眼發直，後來還一直傻笑？是看到什麼了嗎？」田尋大腦急轉，假裝欣喜地說：「剛才我看到我們找到大量財寶，全都順利地出了地宮，到國外過著天堂般的生活，我還娶了小培做老婆，太幸福了！」

林小培羞得滿臉緋紅，啐了他一口就跑開了，眾人哈哈大笑。林之揚最愛聽這句話，他說：「呵呵，看來這果實還是挺靈驗的。」呂連常覺得好玩之極，也上前摘了一顆紅果扔進嘴裡：「我也試試能看到什麼！」

姜虎也很好奇，上前要摘紅果，田尋心中一驚，立刻對他說：「姜大哥，給我一瓶水吧，我渴死了。」姜虎哦了聲，回頭去取背包給他拿水。這時就見呂連常眼放異光，盯著大家來回地看。

王植笑道：「藥力發作了，快看看他有什麼反應。」田尋假裝去姜虎處找水喝，偷偷避開。只見呂連常慢慢向前邁步，嘴巴忽張忽合，似乎在說著什麼。羅斯·高訕笑著說：「肯定也看到自己發了大財，現在正在海灘邊抱著美女曬太陽吧？」眾人皆笑。

忽然呂連常邁上幾步向杏麗走去，臉上帶著淫邪的笑容。杏麗吃了一驚，連忙後退，林振文上前指著他道：「你要幹什麼？」呂連常對杏麗嘿嘿笑著說：「真沒想到妳居然是這樣的女人，我最喜歡啦，哈哈！」

「他……他在說什麼？」杏麗心裡有點發毛。林振文沉著臉道：「呂連常，你胡說些什麼？」

呂連常滿臉是笑，毫不理會林振文等人，似乎已身在另外一個世界：「其實我早看出來了，妳對林振文根本沒什麼感情，無非是他仗著有錢罷了，像妳這麼漂亮的女人和他睡在一起真是浪費，妳能離開他太明智了！現在我呂連常有的是錢，明天我就買下一座小島，咱們做個長久夫妻怎麼樣？」

眾人譁然。林振文臉色鐵青，臉上肌肉顫動，陳軍上前一把揪住呂連常前襟：「閉上你的臭嘴！再胡說小心我不客氣！」

呂連常不躲不閃，依然嬉笑著道：「杏麗，我的美人，第一眼看到妳我就渾身來電，妳那高高的胸脯，圓圓的屁股，長長的大腿……今晚我們就做個雲雨鴛鴦好好樂

第三十六章　幻覺

樂吧！相信妳的床上功夫肯定很棒，好好侍候我怎麼樣？哈哈哈……」

「砰！」

呂連常話未說完，身體突然猛震，右胸現出一個彈孔，鮮血直流。他後退幾步靠在鼎上，指著林振文：「你……你要幹什麼？」

林振文右手握著手槍，槍口還在冒出淡淡青煙，臉上無比憤怒。呂連常大叫一聲去掏手槍，他的兩個哥們也都舉槍對準林振文，林振文身後六、七人同時站出來，舉槍對準呂連常的兩個哥們，氣氛頓時緊張起來。

杏麗見大伙要起內訌，連忙道：「大家快放下槍，有話好好說！」其他人連忙分別勸阻。

宋越也上前幾步說：「剛才呂連常產生了幻覺，大家不要當真，這是個誤會！」呂連常喘著粗氣掏出手槍向林振文開槍射擊，可他已身負重傷，手上失了準頭，只聽「砰」的一聲槍響，宋越慘叫著倒地，小腹鮮血汩汩流出，扭幾扭不動了。

王植大驚，連忙上前查看，先摸了摸頸動脈和心臟，又翻開眼皮，最後唉了一聲搖搖頭：「沒救了！」

林振文剛才在盛怒之下向呂連常開槍，是因為呂連常在大庭廣眾之下用下流言語侮辱妻子，現在看到呂連常又打死了重要的建築學家宋越，他心頭更怒，抬手又連開數槍打得呂連常身體一陣痙攣，後退幾步跌入裝滿菜油的長明燈池中。

呂連常手下僅剩的兩個兄弟眼都紅了，兩人大叫著：「我操你媽的林振文！」手中步槍共同開火，M4A3噴出長長的火舌，林振文等人嚇得連忙閃開，他身邊幾名隊員也已扣動扳機，一陣對射之後，呂連常的兩個哥們被六、七把槍打成了蜂窩，兩人口吐鮮血單手持槍掃射著，最後癱倒在地，而林振文這邊也有兩人身中數槍而亡。

彈殼仍在石板地面上滾動，硝煙尚未散盡，卻已經有六人魂歸地府，再也活不過來了。

林之揚等人在隊員的掩護下並未受傷，杏麗扶起林之揚，只見屍體橫陳，血流滿地，林之揚憤怒地大聲道：「為什麼要火拼？為什麼要火拼？你們這群笨蛋！」

王植連連歎息：「都是那個曼達拉克果害的，它會把人們心底最深處的欲望變成幻覺，真是太可怕了！」

田尋趁機賣好，他上前幾步抓起曼達拉克果扔在地上狠狠踩爛。杏麗紅著臉罵道：「這種害人的東西，還是消滅了好！」

忽然轟隆聲響起，巨鼎下面的一塊方形石板沉下兩寸。王植道：「怎麼回事？是

第三十六章　幻覺

鼎太重了，把石板壓得下沉了？」

郎世鵬道：「不太可能，說不定又是什麼機關埋伏，大家小心！」眾人都退後幾步，緊張地掃視四周。忽然從身後傳來嘩嘩聲，緊接著「砰」的一聲巨響，好像平地打了個炸雷，震得眾人耳膜欲裂，回頭看去，身後已被一堵厚實的石牆封死。

「不好，我們被困住了！」史林道。

姜虎說：「快找找看有沒有出口！」郎世鵬道：「幸好只是被困住，如果是更要命的機關埋伏，那可就慘了。」剛說完，忽然整個地面都顫抖起來，伴著轟轟聲響，似乎發生了地震。

田尋指著左側牆壁大聲道：「那堵牆移過來了！」羅斯．高也大叫：「右面的牆壁也在動，我們要被擠死啦！」

隊伍頓時大亂，眼見左右兩側的牆壁像受人控制似地緩緩向中心靠攏，照這樣下去，二十多人都得被活活擠成肉餅。羅斯．高像無頭蒼蠅一樣亂跑亂躲，口中大叫：「我不要死啊，我要離開這個鬼地方，我不想做陪葬品！」史林罵道：「亂跑什麼？踩到俺的腳了！」

尤全財驚恐地喊著：「怎麼辦啊，沒路可走了！」紛亂中林之揚忽然想起剛才無故下沉的那個巨鼎，連忙道：「那個鼎，快把那巨鼎推倒，快！」

史林、姜虎和提拉潘三人立刻上前推巨鼎，可這鼎太沉了，在三個壯男力推之下居然只是微微傾斜。其他人紛紛上前幫忙，十幾名高手同時使出吃奶的勁去推巨鼎，那個鼎慢慢傾斜，大約到四十五度左右，鼎身不再傾斜，而這十幾人卻已經幾乎耗盡體力，但又不敢鬆勁，只得勉強支撐，每個人臉上都流下豆大的汗珠，牙齒咬得肌肉直顫。

「這可怎麼辦？」尤全財在旁邊急得直跺腳，卻又幫不上忙。這時史林鬆開手退後幾步，只見他喘勻呼吸，紮下馬步，肚腹收縮，右拳緊握停在腰間，將丹田之氣順經絡流至右臂。忽見他雙眼一瞪，額頭青筋暴起，臉色變得血紅，好似喝了十幾斤白酒一般。

「嗨！」

史林大吼一聲，這聲響宛如半空春雷，把那十幾人嚇得一驚，手上勁也洩了，巨鼎慢慢回傾，就在這緊要關頭，見史林右掌猛地擊在鼎身上，「砰」的一聲巨響，巨鼎迅速向前慢慢歪倒，漸漸越過重心點後停頓了一下，十幾名高手趁機共同運勁飛腿踢去，提拉潘更是來了個騰空衝踢，巨鼎終於禁不住如此大的力道，漸漸越歪越大，

第三十六章　幻覺

「砯噹！」巨鼎將石板地面砸得粉碎，那塊沉下去的石板也自行彈了起來。

但兩側的石牆仍然轟轟推進，轉眼間就只剩不到十米的空間。忽然對面牆壁一扇石門徐徐升起，露出裡面的一個小門洞，這下大家好似看到親娘一般，均爭先恐後地大叫著衝向石門。

石門洞又矮又小，每次只能容一人蹲著爬入，二十幾人紛紛擠在一處，都想最先爬進去，尤全財大喊：「誰也他媽的別跟我爭，我投了十億元，我必須先進去！」林振文也道：「我們林家投了更多的錢，應該我們先進去！」

其實原本時間是夠用的，可這麼一爭來搶去反而耽誤了工夫，王植、羅斯．高等人爬得最慢，史林在身後使出內功，幾抓幾擲將兩人推進洞內。轉眼間兩側牆壁只剩五米，可田尋、史林和郎世鵬還沒進去。田尋也想早點脫離險境，可根本擠不過那些身強力壯的傭兵，眼看著外面空間越來越少，他急得腦門沁汗，眼睛發紅。郎世鵬手忙腳亂地爬進門洞，因為年紀大彎不下腰，後腰處的皮帶卡在門洞邊緣，他越用力就越鑽不進去，田尋急得大叫：「皮帶卡住了，你先退回來點！」

第三十七章　萬佛壁

郎世鵬生怕被擠死，哪裡還願意退回來？只是一個勁地雙手刨地朝前拱。史林看得急了，雙手抓住他兩腿一拽再一送，這才將他推進去。這時兩側的牆壁已經擠到門洞邊緣，僅有一米多距離，史林伸手在田尋背上一抓，田尋順勢彎腰將頭鑽進門洞，就覺得史林的手將一股巨大力量傳到自己身體裡，他幾乎是橫著被史林擲進了門洞。

田尋剛一落地連忙爬起來，伸手大叫道：「快進來！」史林剛彎下腰，兩側牆壁已經擠到肩膀，他立刻側身雙腳點地，使了個「斜燕投林」，身體側著凌空彈進門洞，田尋順勢抱住他上身向裡拉拽。

饒是史林武功高強，最終還是慢了一步，上身進了門洞，但下身沒來得及脫離。「轟」的一聲巨響，牆壁迅速合攏，史林的左腿竟硬生生被厚重無比的牆壁擠成肉餅，連骨頭都壓爛了。

史林長聲痛呼，頓時昏死過去。田尋大叫：「史林，史林！」姜虎和提拉潘過來扶起史林，只見他的左腿從膝蓋以下全成了肉泥，只有一灘爛肉連在筋上，十分可怕。田尋手忙腳亂地從背包裡找醫藥包，姜虎說：「先把他平放在地上，左腿墊高！」

大家都過來幫忙，有人找出止血藥塗在繃帶上，纏住史林左腿的傷口，但這傷口是大面積撕裂傷，任何止血藥現在都毫無用處，鮮血從斷口處汩汩而湧，用不了多久，就算史林不疼死，也得失血過多而亡。

正在焦急時，史林慢慢醒轉，他面如金紙，左右看了看，田尋說：「史林，你……你感覺怎麼樣？」

史林苦笑著搖搖頭：「俺……看來是不行了，你別管俺了，你們自己走吧……」

「這怎麼行？」田尋急了，「現在必須要先給你止血，你背包裡有少林寺的靈藥嗎？」

史林費力地喘著氣道：「藥是……沒用的，扶俺起來。」姜虎扶起他上半身，史林顫抖著伸出右手食指，在自己左大腿「承扶穴」和「環跳穴」分別施了一指，然後再點腰間的「水分」、「石門」二穴，說來也怪，左腿的傷口流血速度頓時減慢了很多。

「太好了，血止住了！」田尋驚喜地說。

「這只能……止住一會兒，半個時辰後血脈崩開穴道，那時候就算是達摩老祖下凡，也……救不了俺……俺了……」史林有氣無力地說。

田尋頓時怔住了：「那可怎麼辦？」

史林咳嗽幾聲，苦笑道：「田兄弟，俺知道你是好人，這裡……俺最相信你了。俺的傷在這裡是沒法救的，不過也沒什麼遺憾，俺是孤兒，打小沒父沒母，從小在寺裡跟著師父長大，你要是……要是能出去，就幫俺跑趟河南登封，找釋明鏡師父……就說俺出車禍死了，你是俺朋友，千萬別說俺收了錢，跟著……跟著人家來盜墓……俺不想讓師父難過，他希望俺能有出息，做個正直的人啊……」

說完史林淚水橫流，田尋早已淚流滿臉，他抹著淚說：「史林你別胡說，只要有我在，就肯定能帶著你出去，你要撐住啊！」

正說著，忽聽羅斯．高大叫一聲：「金子，全是金子啊，Gold，my gold！哈哈哈！」說完像瘋了似地向前跑去。

眾人這才開始注意門洞裡的環境，放眼望去，見這裡是一條又長又寬闊的漢白玉通道，通道頂每隔幾十米嵌著一顆巨大的夜明珠，幾乎起到燈泡的作用，只是光線比較昏暗，地面上也全由漢白玉條石拼成，上面翻翻滾滾雕刻著精美的水雲龍紋。前面

第三十七章　萬佛壁

擺著上百尊金製佛像和幾十架金馬車，在強光手電筒照射下甚是耀眼，旁邊地上還堆著無數口箱子，裡面珍珠翡翠流淌滿地，還有很多金元寶隨意地堆成幾十堆。

提拉潘高呼一聲，向著財寶直衝過去，然後又有十幾人跟著跑進珍寶堆中，皆欣喜若狂。

林之揚從懷中取出金屬軸擰開倒出布帛地圖，展開後對林振文說：「你看，我們通過了外神道和鼎字迷宮，這裡就是內神道了，也就是說，我們離漢武帝梓宮越來越近了！」

林振文也很興奮，雖然從一開始他就反對父親開掘茂陵，但費盡辛苦來到這裡後，又看到無數財寶卻都只是巨大財富的九牛一毛，他也漸漸被沖昏頭腦，開始勾畫起未來的生活，幻想著如果真能在太平洋買下一座小島，建造屬於自己的獨立王國，那將是人生最大的樂趣和滿足。

林小培緊緊抓著林之揚的胳膊，說：「爸爸，我心裡很害怕，我們來這裡究竟為了什麼？送了這麼多人的命！」

林之揚摸著她的頭：「小培，別害怕，這裡的人都會保護妳，妳不會有事的，到時候我們就會過神仙一般的生活了，我向妳保證！」林小培不語，流著淚走到田尋身邊蹲下，一同照顧重傷的史林。

神道兩旁堆滿了各種金銀玉器，林振文和陳軍順主神道的龍紋漢白玉石條向前走，走了兩百多米才看到盡頭並無出路，而是一個巨大的漢白玉佛窟壁，這佛窟壁呈圓弧形並向內凹，高足有幾十米，上面密密麻麻的全是縱向長條凹洞，每個凹洞裡都立著一尊佛像，有玉製、金銀製和檀木雕刻的，高矮不一，形態各異，顏色不同，有的只一尺來高，有的卻身高過丈，遠望之下非常精美壯觀，粗略看去足有上千尊，令人眼花撩亂。

佛窟壁前有十八根粗大的漢白玉雕龍玉柱，直徑至少有兩米。林之揚隨後趕到，手裡還拿著一塊剛撿起的雙龍玉珮，感嘆地道：「看來這就是布帛地圖所說的萬佛壁了，真是壯哉絕哉！」

王植撫摸著雕龍玉柱上的龍紋，道：「這麼大塊的玉料從哪找的？真是太珍貴了！」

「下一步怎麼辦？出口在哪？」杏麗顯然對文物沒什麼興趣。

林之揚說：「按張湯繪製的這張地圖的說法，萬佛壁中保存的佛像都是漢武帝生前最喜歡的，共有四千零五十九尊，其中一尊佛像是以漢武帝劉徹自己的圖像雕刻而成，那尊佛像就是開啟『目』字形梓宮大門的鑰匙，我們只需找到那尊佛像即可。」

「不過，粗略目測，這萬佛壁似乎沒有四千多尊佛像，我看最多兩千。」郎世鵬道。

「嗯，確實不太符合。」林之揚道。旁邊的林振文犯了愁：「就算沒有四千多尊，想找到一尊談何容易？我們總不能把這麼多尊佛像逐個摸一遍吧？」

林之揚想了想說：「那肯定不行，你看這布帛地圖上標注的文字：『萬佛壁內藏帝身佛像，以北斗神星尋紫微宮，啟之可至三仙島。』這幾句話就是開啟地宮的關鍵所在。」

「可是……」林振文撓了撓腦袋，「這是什麼意思呢？看不懂。」

「我就知道你肯定看不懂，以前讓你多學學古文，可你就是不聽！」林之揚生氣地說。這時郎世鵬說道：「以北斗神星尋紫微宮，這句話是關鍵中的關鍵。開啟方法必定與北斗七星有關，紫微宮就是北極星，古稱紫微帝星，應該就是暗指漢武帝劉徹，所以我們要先找到北斗。」

林之揚滿意地點點頭：「和我想的一樣，現在我們就要開始研究這個北斗星究竟在哪。」

「難道北斗星在這面萬佛壁中？」王植疑惑地問，「這麼多佛像，看上去也沒什麼關聯，要怎麼找呢？」

林振文對陳軍道：「去把所有人都叫過來，別總圍著那些珠寶轉了！」

大家都抱著一大捧金銀珠寶隨後趕來，羅斯·高把幾十串珍珠鍊都掛在脖子上，狀極可笑。田尋扶著史林大聲道：「喂，誰過來幫忙抬他？」除了姜虎和林小培守在田尋身邊，根本沒人理他。

陳軍把史林的傷勢對林之揚父子講了，林振文一皺眉：「按史林的傷勢，想繼續和我們前進是不可能，別說保護我們，連他自己都不好說了。」

林之揚用望遠鏡仔細辨認著萬佛壁上的佛像，隨口道：「既然已經沒用了，就不用管他，免得拖累我們。」

郎世鵬有點不忍：「要不然我們派幾個人抬著他走？史林身懷絕技，這一路上他還真幫了不少忙。」

林之揚側頭看了看郎世鵬：「那你去抬吧！他來幫忙是應該的，因為我付過錢。現在他受重傷不能保護我們，我沒責怪他已經很不錯了。」

林振文聽到父親說得這麼絕情，自己也覺得有點過分，但細想也確實是這麼回

第三十七章　萬佛壁

事，也只得不理。

尤全財在幾名太保簇擁下邊走邊說：「一個廢人還要管他？真是吃飽了撐著！」旁邊的羅斯．高也跟著幫腔：「就是，這種時候還管這種人幹什麼？」

田尋大罵：「你們這群王八蛋，史林一路上沒少出力，剛才如果不是他用內功擊倒巨鼎，又推你們進門洞，現在被擠的就是你們了，現在反倒來說風涼話，你們還他媽是不是人？」

尤全財哪受過這種謾罵？立時惱羞成怒，指著田尋叫道：「你算個什麼東西，也敢來指責我？是不是活得不耐煩了？給我廢了他！」

幾名太保早衝上前就要動手，姜虎舉槍怒視：「誰敢動我就打爛他的腦袋！」太保們也紛紛舉起手中M4A3步槍，田尋從地上撿起史林身邊的M4A3步槍瞄準尤全財的頭部，嚇得尤全財直往眾太保身後躲，雙方頓時成了僵持之勢。

林之揚等人聞訊跑回，林振文見狀連忙勸阻：「都把槍放下！沒事總起什麼內訌？田尋，你不是笨人，雖然史林幫過我們、也救過大家，但現在的形勢你也知道，我們帶著他反而會被連累，我相信史林也能理解我們的做法。」

「放屁！你的良心都被狗吞了？」田尋說話毫不客氣，「兔死狗烹還要先把狗餵個飽，你變臉比變天還快，人家剛救過你的命，現在就扔下不管了？虧你林振文還在國外受過高等教育，居然說出這種話，我都替你臉紅！」

林振文臉上一陣紅、一陣白，同時這番話也說到每個人的心窩裡，大家都有點羞愧。杏麗「嘩」地掏出手槍指向田尋：「你這個臭小子活膩了嗎？早知道就不應該留著你，現在我就送你上天！」

忽然林小培衝出人群擋在田尋身前：「誰敢開槍，就先打死我！」

林之揚罵道：「妳給我滾過來！」

「別命令我，你不是我爸爸，我也沒有你這種爸爸！」林小培眼中露出無比憤怒的神色，似乎不認識林之揚。林之揚愣然，他從未見女兒有過這種陌生眼神，那眼神完全是在面對一個陌生人，而不是自己的親生父親。

「死丫頭，妳瘋了嗎？」林之揚問道。

「哈哈哈……」林小培大笑起來，「我瘋了？我看你們這群人才瘋了！得了一個什麼破地圖，就費盡心思想找寶物，陷害田尋不說，又害了那麼多人的命，你們究竟想要什麼？」

林之揚冷冷地道：「要什麼？當然是要錢！沒錢妳花什麼？妳整天花天酒地的生

第三十七章　萬佛壁

活是從天上掉下來的嗎？還不是靠我養妳？真是女大不由爺，現在反倒教訓起我來了！馬上給我滾開，我現在就要殺了田尋，看哪個敢攔我！」

隨後他命令道：「打死田尋者財寶多分一份，再把我女兒嫁給他，絕不食言！」

嘩啦啦一陣亂響，身後十幾人均將手中M4A3突擊步槍上膛對準林小培，只等她躲開就射擊。林小培嘿嘿笑了：「打死田尋的人我就嫁給他？哈哈哈，我真是瘋了！好啊，先打死我吧，到時候我變成鬼嫁給你們，怎麼樣？」

眾人面面相覷，誰也不敢開槍。田尋用鄙夷的目光看著林之揚，說：「我早知道逃不出你的毒手，現在只希望如果你還有一絲人性，就不要找我父母的麻煩，不然我變成厲鬼也不放過你！」林之揚一向信佛，道：「放心吧！冤有頭，債有主，你的父母我自會安撫照顧，否則就讓我林之揚全家暴死斷後。」田尋點點頭，他又說：「我心裡有個疑問，一直想讓你給我個真實答案。」

「說吧，什麼疑團？」林之揚笑道。

「你這幾十億的身家是怎麼來的？」

林之揚一怔，隨即哈哈大笑：「我就知道是這件事！好吧，告訴你也沒什麼。王全喜你認識吧？我和他早在三十年前就開始盜墓，後來我們又結識了美國大文物商山姆，將盜挖來的文物全都送給他在福建開辦的一個空殼商貿公司，再由貨輪運出國境。這幾十年來我僱傭了無數人，專門在全國、甚至東南亞等地為我物色古代遺跡、陵墓和文物，再源源不斷地送給山姆，這麼跟你說吧，光憑文物交易上的收入，我平均每年就能賺到一億！」

田尋苦笑著點了點頭。心中的疑團消除了，他一把撥開林小培，對面的人剛要開槍，林小培卻又突然迅速擋住田尋，那人手指已經扣下扳機，見林小培身體又移回來，只得下意識抬高槍口，「嗒嗒嗒！」三顆子彈擦著林小培的頭皮射在廳頂石壁上。

林之揚嚇得魂飛魄散，大罵：「哪個混蛋開的槍？不要命了？」

大家都慢慢轉頭看著開槍的人。那人槍口還冒著煙，囁嚅道：「我……我以為她躲開了！」

杏麗上前去拽林小培，林小培邊躲邊大聲說：「妳別過來，我可不想像妳這樣嫁給一個根本不喜歡的人，過著毫無生氣的生活！」

杏麗呆住了，她看著林小培，半晌後歎了口氣，慢慢退回去不再說話。林振文臉色極為難看，他對旁邊的日本人宮本一使眼色，說：「去把她給我拉回來！」羅斯・

第三十七章　萬佛壁

高立即翻譯給宮本聽。

其實宮本就算不懂漢語，但從形勢也看懂了八成，他微一點頭，忽然灰影閃動，人已經來到林小培面前。林小培嚇了一跳，還沒等她說話，宮本已經揪著林小培回來了，全程不超過兩秒。

剛才差點開槍誤傷林小培的那人心中大喜，立刻瞄準田尋扣動扳機，就聽「砰」的一聲槍響，這人腦門中了一槍，身體慢慢癱倒，臨死前眼中還帶著無比遺憾。卻見躺在地上的史林右手已掏出腿帶中的手槍，原來是他開的火。

林振文命令道：「給我打死他！」三、四支槍同時向史林開火，史林用手槍回擊打死一人，自己也連連被子彈射中，口吐鮮血。姜虎趁機痛下殺手，手中M4A3步槍橫向掃射，頓時打得那幾人身體亂扭倒地，田尋迅速撿起地上的步槍蹲著就開了火。原本在這種對峙情況下，其實誰都不願意首先開槍，因為一旦交起火來肯定是互有死傷，現在撕破臉皮開打，林之揚那邊大部分人都紛紛躲到漢白玉石柱後面。

姜虎和田尋分別找了一尊鍍金佛像躲起來，姜虎左肋中槍不斷流血，田尋右額頭被子彈直接削掉一塊肉，半邊腦袋都被鮮血浸紅了。從玉石柱後面傳出林振文的喊話聲：「田尋、姜虎，你們兩人是逃不掉的，出來投降吧，我可以考慮饒你們一條性命！」

「少唬人了，你的話誰還會信！」姜虎一邊回答，一邊朝田尋做了個手勢，示意要他吸引對方注意力，自己去找史林身邊的背包找止血藥。

田尋點點頭，舉槍警戒對面的十幾根玉石柱，看著史林渾身是血的屍體，心中難受之極，他大聲道：「林振文，雖然你們這些人都是專業精英，但別忘了這裡是茂陵！你們不可能活著走出地宮！你還是勸勸林教授早點回頭，免得後悔莫及！」姜虎豎起大拇指，貓著腰慢慢向史林身邊走去。

第三十八章　仙島迷宮

林振文道：「臭小子，還輪不到你來教訓我！我吃的鹽比你吃的大米還多呢！」

「別騙自己了！」田尋故意用譏笑的語氣說道，「其實你一開始就反對你父親開掘茂陵，我早看出來了，只是你這一輩子只在別人面前威風，在自己老爹面前就是個避貓鼠，連半個『不』字也不敢提，我說得對吧？」

這番話狠狠戳中了林振文的死穴，他躲在玉石柱後面氣得臉色發白，咬著牙直運氣。林之揚低聲道：「別聽他胡說，快叫幾個人衝出去把他們倆幹掉，快！」

田尋繼續喊話：「對面的十幾位哥們，你們都上當了！林之揚根本沒打算讓你們跟著出國去過什麼神仙日子，他和林振文偷偷密謀，一旦運出文物後就把你們全都殺掉滅口，包括尤老闆你在內！你們也不想想，他有多大能耐能讓幾十人全部偷渡出國境？你們以為是去北京旅遊嗎？」

這番話對面那些傭兵聽得清清楚楚，人人心裡都開始打鼓了。忽然林小培叫道：「田尋說得對，我爸爸和二哥說這事的時候被我偷聽到了！」

眾人大驚，連林家自己人都這麼說那還有假？尤全財頓時翻臉：「林之揚，你們真他媽的陰險！」手下幾名太保立即舉槍對準林之揚和林振文。林之揚沒想到林小培會窩裡反，連忙解釋：「尤先生，你別聽我女兒瞎說，她現在氣昏了頭，我怎麼可能會害你們？」

羅斯・高跟著添油加醋：「老林頭，你這樣就不對了，做人不能這樣。」

林振文罵道：「閉嘴，你個死美國佬，見風使舵的蠢傢伙！」

此時姜虎已經取回史林的背包，找出「行軍散」用繃帶纏在傷口上，血終於止住了，他又將藥膏扔給田尋，讓他貼在傷口上。

這邊王植說道：「我看林先生不是這樣的人，我們現在最需要的就是團結起來先找到寶藏，其他的事情都在其次，千萬不能內鬥，否則大家都出不去。」

郎世鵬立刻贊成：「對對對，大家先靜下來，解決了眼前的事再說。」

王植剛又要說話，忽然「噗」的一聲輕響，額頭出了個槍眼，鮮血順槍眼流到鼻子，再流到嘴唇邊慢慢滴下。眾人皆驚，不知發生了什麼事，王植嘴唇動了幾動，手指著林之揚慢慢癱倒。

「是誰開的槍？」林之揚左右看看，問道。羅斯・高戰戰兢兢地問：「難道不是你嗎？」

林之揚怒道：「你眼睛瞎了嗎？怎麼可能是我，我手裡又沒有槍！」尤全財盯著林振文、陳軍和杏麗細看，見他們三人都持槍在手，但剛才確實沒人開槍，他疑惑地說：「真怪，為什麼沒聽到槍聲？」忽然又傳來「噗」地聲響，尤全財太陽穴被打穿，鮮血汩汩而湧，旁邊的太保立刻扶住他，大叫：「佛壁右上方藏有狙擊手，快隱蔽！」

大家連忙紛紛轉移到玉石柱另一側，這下就完全暴露在姜虎和田尋的射擊範圍之內。他們倆也聽到有人被暗殺，槍手就躲在萬佛壁內，姜虎剛要抬槍射擊，田尋連忙示意停火，靜觀其變。郎世鵬害怕田尋開槍，連忙說：「田兄弟，你們別開槍，萬佛壁有人埋伏，我們都中計了！」

田尋說：「放心吧，我們不是背後放黑槍的人！」同時心中暗自疑惑：這茂陵地宮除了正門和祕密甬道之外別無他路，怎麼這裡還會有人埋伏著？

幾名太保看著尤全財的屍體，臉上露出茫然之色，不知該怎麼辦才好。陳軍命令道：「大家都裝上紅外瞄準鏡，這裡光線弱，我們分別從不同的點狙擊敵人，我扔出夜光彈後大家就開火！」眾人早就在步槍上裝好瞄準視具，陳軍從背包裡取出兩枚夜光彈，拽掉拉環用力拋向萬佛壁，耀眼的紅光劃過萬佛壁，瞬間照得周圍亮如白晝。

「嗒嗒，嗒嗒嗒！」

有四個人同時開槍，夜光彈還沒墜落地面，就見萬佛壁高處有個黑影掉落，「砰」地摔在地面上。提拉潘用望遠鏡一看：「是個人，旁邊還有一把步槍！」

「怎麼可能？」林之揚不敢相信這一切，他做夢也沒想到茂陵裡居然早有人捷足先登，而且暗中打悶棍，不由得心頭一沉，有點心灰意冷。夜光彈的亮光消失了，一名隊員說：「不知道那佛壁上還有沒有其他人埋伏著。」

這時從進茂陵開始就不發一言的法瑞爾卻忽然低聲說了句話，杏麗和羅斯．高懂法語，立刻點頭同意，杏麗小聲告訴大家，法瑞爾的主意是一個人抓起尤全財的屍體擋在身前，這裡光線暗，狙擊手看不清究竟，肯定會毫不猶豫地開槍，這樣就能露出藏身之地，我們的人可趁機借助夜視瞄準具回擊。

這主意還真不錯，但幾名太保同時反對。林振文說：「我理解你們的心情，但現在情況緊急，也沒有別的辦法，望你們以大局為重。」

幾名太保一想老闆已經死了，自己成了沒娘的孩子，再堅持也沒用，就默許了。

於是陳軍扶起尤全財的屍體，先將他的頭慢慢露出石柱，忽聽噗噗兩聲，尤全財的頭動了兩下，顯然又挨了兩槍，緊接著提拉潘和法瑞爾同時開火，萬佛壁上有兩人長聲慘叫著跌落地面。

陳軍雙手揪著尤全財的後背和腰帶，躲在屍體後面慢慢走出玉石柱，走出十幾米後，倒霉的尤全財胸口又挨一槍，提拉潘看到了對方消聲狙擊槍冒出的火光，一個點射過去卻沒打中，法瑞爾在M4A3步槍下掛上榴彈器，裝入槍榴彈後「通」地發射出去，榴彈劃著拋物線準確落入狙擊手藏身的佛洞內，「轟！」一個人影直接被衝擊力掀了出來，從幾十米高處重重摔在地上。

「全都清理了！」提拉潘用夜視望遠鏡仔細查看後叫道。陳軍扔下尤全財的屍體，道：「對不起了尤老闆，死了還讓你受這些罪，以後給你多燒點紙錢吧，別怪我啊！」

大家長吁了口氣，都走出玉石柱。陳軍和提拉潘先檢查了那幾名死掉的狙擊手屍體，見都是中國人，一身黑衣，再看狙擊步槍，槍管上套著紅色護木，上面開有長型圓孔以分散火光。提拉潘對陳軍說：「俄製Dragunov狙擊步槍，這種槍又便宜又好用，看來對方是個行家。」

林之揚對大家說道：「各位！看來這裡並不只有我們，另外的朋友早就到了，這幾名狙擊手只是外圍守衛，敵人很可能比我們更深入探索了這裡，我們現在更要團結一心，先消滅敵人再說！」眾人紛紛點頭。

林振文回頭喊道：「田尋，你們倆也不用躲了，放下武器出來吧，我們是一條藤上的螞蚱！」田尋一想史林已死，自己和姜虎兩個人也應付不了這麼多人，有林小培護著，林家人投鼠忌器，暫時還不敢對自己怎麼樣，於是和姜虎略一商量後，扔掉槍走出來，林小培跑過去撲在田尋懷中大哭。

郎世鵬對林之揚說：「不知道敵人是否已經開啟了萬佛壁的機關，我們要先搜索一下萬佛壁再說。」林之揚點點頭，命人分散進入萬佛壁搜索可疑之處。這些佛像都立在石洞裡，兩邊留有很大空間，人可以從多個佛洞容易地鑽進去。

進到萬佛壁內部，所有人都被眼前的景象所驚呆：無數亭台樓閣矗立於迴廊及樓梯之間，錯落有致，飛簷斗拱，極盡巧思。亭台樓閣之間皆用抄手遊廊連接，盤桓而上，巧妙迂迴，最高達幾十米高處，放眼望去，似乎所有的亭閣間皆有連接，遊廊密如蛛網，樓閣之上人物花草彩繪繁複令人目不暇接，亭台之間假山林立如同仙境園林。無數顆夜明珠點綴其間，明珠之間還有大塊銅鏡反射光亮，遠遠望去可見很多亭閣裡都放置著各種佛像，怪不得萬佛壁外壁的佛像總數不足四千尊，原來還有一部分

第三十八章　仙島迷宮

在內部。

「我沒看錯吧？這……這眼前的景象……」林之揚使勁揉了揉眼睛。郎世鵬也呼吸急促：「怪不得茂陵由十幾萬人修了五十幾年，原來這裡……」

林之揚取出布帛地圖對郎世鵬說：「你看，張湯地圖上標示萬佛壁內部有『仙島迷宮』，而且還畫了個簡圖，應該就是這裡，你有什麼好的建議？」

「依我看，真正的紫微帝佛像應該藏在萬佛壁內部，也就是這個仙島迷宮中，地圖上說『萬佛壁內藏帝身佛像』，這個萬佛壁內其實指的應該是石壁之後。但這個簡圖寥寥幾筆，恐怕只是個象徵性的圖示，沒什麼特殊意義，我們只能重點搜索這裡的佛像，爭取在最短時間內找出規律，開啟梓宮。」

林之揚憂心忡忡地說：「我就擔心那幫敵人早就進入了梓宮，那樣我們的希望就全泡湯了。」

郎世鵬安慰道：「不會的，那布帛地圖世上僅此一份，我們有地圖尚且沒找到開啟關鍵，別人就更不可能了。」

「可問題是敵人怎麼進到地宮來的呢？除了正門被政府封鎖之外，那祕密甬道也只有地圖上才標注，真是想不通！」林之揚搖搖頭說。

林振文道：「這個問題以後再研究，現在我們先分組搜索這裡。」

陳軍用夜視望遠鏡左右掃視一番，沒發現有明顯的伏兵，於是開始重新清點人數，除了陳軍，三十五名傭兵只剩下十一人，林振文親自安排，將十二名高手分成四隊，林之揚帶一隊，郎世鵬和羅斯·高同歸一隊，林小培堅持要和田尋同組，林之揚拗不過她，只得同意，派提拉潘與其同隊，林振文、杏麗和法瑞爾、陳軍同組，大家登上樓梯開始搜索園林。

這些傭兵大多是打打殺殺、刀頭舐血之輩，哪見過如此景致？與其說搜索，倒不如說是在瀏覽勝境。林之揚邊走邊看著地圖上的那幾句話：萬佛壁內藏帝身佛像，以北斗神星尋紫微宮，啟之可至三仙島。

他反覆思索其中的含意，北斗星肯定是北斗七星，也就是現在的大熊星座無疑，紫微宮就是北極星的古稱，北斗七星斗勺的最後兩顆星延長五倍就是北極星，北斗七星應該暗指這仙島迷宮中放置著的某七尊佛像，可問題是這麼多佛像究竟哪七尊代表北斗七星？如果不找出規律，要翻遍這裡的所有佛像，估計明年的今天也完成不了。

宮本和兩名傭兵在前面探路，走進一個掛有「明光宮」匾額的樓閣裡，閣中僅有一尊飛天仙女木雕像。一名傭兵奇怪地問：「咦，真奇怪，我還以為這裡都是佛像，

第三十八章　仙島迷宮

怎麼還有仙女像呢？」

林之揚道：「明光宮在西漢時期是宮女嬪妃居住的地方，供奉飛天仙女像也就不足為怪了。」話音剛落，忽然從飛天仙女雕像的雙眼中嗤嗤激射出兩道極細的白光，直向最前面的宮本面門射去，卻聽「噹噹」兩聲，只見宮本右手抽刀橫在眼前，兩根銀針從刀身上反彈飛出，遠遠跌落下層。

旁邊兩名傭兵都呆了，那銀針來得極快，而宮本擋得更快，足見其瞬間反應之快已遠超常人水平。

「原來這裡還有機關暗器！」傭兵紛紛躲避，嚇得心驚膽戰。宮本一晃身形上前一刀劈下，將飛天仙女木雕削為兩截，從木雕截面中露出幾根斷裂的鋼製彈簧，看來應該是銀針機關的彈射部分。

林之揚的心也怦怦亂跳，他連忙招呼三人暫時退回來，自己則取出布帛地圖細細查看，見仙島迷宮處用線條草草地畫了個示意圖，有點像麻布纖維的紋路，看來是用來表示這裡的走廊和樓梯連接之複雜，忽然林之揚眼前一亮，他掏出放大鏡，仔細看著這個寥寥幾筆畫就的簡圖，猛然發現這些線條之間的交叉點似乎只有七個，而這七個交叉點的位置竟同北斗七星極其吻合！

他大喜，站起來叫道：「我發現了，我發現了，哈哈哈！」三名傭兵都圍上來問：「發現什麼了？林教授？」

林之揚激動得雙手直抖：「我發現了北斗七星的位置！」一名傭兵高興地說：「太好了，那現在我們怎麼辦？」林之揚道：「快回到萬佛壁入口處，對照一下仙島迷宮的全貌，再參照這個簡圖，就能找到北斗七星對應的佛像了！」

幾人大喜，連忙順原路返回。從明光宮沿遊廊下去，再向右拐了個彎，穿過一段斜梯之後，一名傭兵問：「奇怪，我明明記得來的時候這裡有座假山來著，怎麼不見了？」

「我來時也看到有假山，莫不是走錯了路？」林之揚疑惑道。

另一傭兵埋怨道：「你這個笨蛋，這條路走錯了，剛才我們應該向左轉然後再下樓梯，可你卻直走，當然路不對了！」幾人連忙回頭，在遊廊路口處改向左轉下樓梯，卻發現前面是條死路。

包括林之揚在內的人都傻眼了。

杏麗挽著林振文的手臂順樓梯而上，前面是一名傭兵和法瑞爾。杏麗邊走邊對林

第三十八章　仙島迷宮

振文說：「振文，不知為什麼，我有點怕。」

「怕有什麼用？怕也得走啊。」林振文淡淡地道。杏麗偎在他肩膀，輕輕地說：「這些年我們倆都這麼忙，在一起的時間太少了，記得我們剛結婚時，你經常陪我去蘇州園林。一晃十年過去了，我們旅遊的次數也越來越少，卻沒想到在這裡居然也有園林，你說好不好笑？」

「哼哼，是很好笑。」林振文仍然淡淡地回答，臉上沒什麼表情。

繼續走了十幾分鐘，面前的階梯上有一座小宮殿，殿簷橫掛「北宮」金字寶藍底匾額。陳軍走在階梯最前面，他蹲下身子繫了繫鞋帶，然後回來對林振文說：「老闆，有件事我想跟你說一下，請借一步說話。」林振文嘟囔道：「什麼事神神祕祕的？去走廊那邊說。杏麗，妳和法瑞爾到那個『建章宮』看看。」接著對身旁的傭兵說：「你從路口去右邊看有沒有路，然後立即回來，我和陳軍隨後就到。」

那傭兵順路口向右去了，杏麗和法瑞爾則順著階梯往「建章宮」走去，杏麗眼角瞥見其他人都走遠了，忽然一把摟住法瑞爾的脖子狂吻起來。

兩人吻了半天才分開，臉上掛著笑容繼續上樓梯。忽然「喀喇」一聲大響，腳下整個樓梯全部斷裂，杏麗和法瑞爾的身體急速下墜，兩人不由得大叫起來，法瑞爾身手畢竟敏捷些，他在身體完全失去平衡時猛推了杏麗一把，自己則跌向幾十米深的地面，長聲慘叫過後，就沒了動靜。

杏麗雙手勉強攀住一塊已斷裂大半的樓板，身體一上一下地慢慢顫動，眼看著樓板就要斷掉，她驚恐地大喊救命。那傭兵聽到聲音立刻回來，見此狀大驚，連忙上前施救。忽聽背後林振文冷冷說道：「不許救她！」

傭兵回過身，疑惑地看著他：「林……林先生，這？」

杏麗身體如懸崖邊的枯樹搖搖欲墜，她滿臉是汗，焦急地對林振文說：「振文，快救救我，快救救我呀，我要支撐不住了！振文！」

「我知道妳要支撐不住了，否則也不會和法瑞爾偷情。」

杏麗大驚，她瞪著眼睛看著林振文：「振……振文，你在說什麼呀？快拉我上去！」

第三十九章　章晨光的殺機

林振文嘿嘿笑了：「妳在去新疆追阿迪里的時候和法瑞爾偷偷搞上手，以為我是傻子，全不知道？殊不知我在妳的手錶裡裝了微型竊聽器，錄音信號經由越野車上的芯片保存，回來後我都聽見了，妳和法瑞爾在旅館裡玩得相當開心，這芯片現在就在我手上，妳要不要再聽一遍？說實話我非常欣賞，沒事的時候就拿出來聽聽！」

杏麗臉上露出難以置信的表情：「你……你這個卑鄙的傢伙！」

「給我閉嘴！」林振文罵道，「妳這個賤貨，虧我用錢養著妳，反過來卻給我戴綠帽子？」

杏麗憤怒地說：「是又怎麼樣？當初如果不是老爺子用錢救了我爸爸的命，我怎麼可能嫁給你？你知道我根本不愛你！」

林振文哼了聲：「我當然知道，可我一直在騙自己，以為時間能換來妳的愛，可我錯了。唉，算了，陳軍，我們走吧！」

杏麗扒住樓板的雙手全是汗，從樓板上慢慢下滑，她流著淚哀求道：「振文，就算我們沒有愛情，可畢竟做了十年夫妻，都說一夜夫妻百日恩，你就看在我們十年夫妻的……啊……」

「咔嚓」一聲，樓板終於斷裂，杏麗的身體如斷線風箏般墜落，隨著她的長聲慘呼，隱隱從地面傳來一聲輕響，隨後再無聲息。

林振文仰頭歎了口氣，回頭拍拍陳軍的肩膀：「幸好你發現了樓板上的機關。記住，對女人什麼都能忍，千萬不能容忍給自己戴綠帽子，懂了嗎？」

陳軍沒說話，轉回頭命令那名看呆了的傭兵從其他路徑繼續搜索，同時警告他把嘴閉嚴。

這時遠處傳來一陣喊聲，這聲音越過宮殿亭閣隱隱飄來，似乎是要林振文回到萬佛壁入口處待命。陳軍說：「老爺子在叫我們回去。」林振文眉頭一皺：「老東西又在發什麼神經？他以為我們真是在逛公園？說回就回去！」

陳軍一指斜下方道：「那裡就是出口，這條路我都記在心裡了，先回去看看吧！」林振文不置可否，一行三人在陳軍帶路下還真回到了萬佛壁入口，見林之揚的人都在，卻見提拉潘和郎世鵬小組各少了一個人，顯然是被迷宮中的機關給召了魂去。

第三十九章　章晨光的殺機

林之揚見沒了杏麗和法瑞爾，心中一緊，連忙詢問，林振文假裝痛苦地說兩人中了機關，掉下高台死了，陳軍也點頭稱是，林之揚心疼之極，卻也只得面對現實。他對兒媳婦杏麗一向十分欣賞，現在得知她慘死在迷宮中，心裡有說不出的難受。

林振文心裡清楚，表面卻裝出悲戚之色，陳軍問為什麼叫大家回來，林之揚說他好不容易從仙島迷宮中轉出來，又將北斗七星簡圖的事說了一遍，大家聽了後都很興奮。林之揚掏出紙筆，分別從每個角度進入萬佛壁，按照布帛地圖上的簡圖線條對照仙島迷宮，分別找出簡圖線條對應的樓梯道路，同時派人潛進去搜索佛像。

果然，幾路人馬分別在簡圖標示的交叉點處找到七座宮殿，分別是未央宮、長樂宮、建章宮、甘泉宮、鳳儀宮、折桂宮和金蟾宮，每座宮殿裡都供著相同的純金千手觀音像。大家回來報信後，林之揚按照北斗七星的位置，找到了分別由「未央宮」和「長樂宮」代表的天璇和天樞佛像，再用直線將兩宮連接，命令提拉潘和陳軍、宮本順這條直線延長線的五倍距離去找。

大家在長樂宮裡焦急地等待，林之揚焦急地來回踱步，林振文安慰道：「父親，別著急，先喝口水……」

話還沒說完，忽然一道明亮的光柱從延長線方向直投過來，光線白中微黃，彷彿就是落日前明亮的餘暉，令人感到全身都溫暖起來。光柱照到長樂宮中的天樞佛像身上，又繼續向前，準確地投在遠處未央宮中的天璇佛像上，就像一個指路的路標。

田尋道：「哪來的陽光？難道我們出墓了？」

郎世鵬立刻說：「不可能！這裡處於地下，哪來的陽光？」

林之揚叫道：「這不是陽光，是路標，快，我們順著光柱的方向去找！」眾人連忙開始行動，穿過無數遊廊，上下幾十樓梯，忽而距光柱越來越遠，忽而又穿光而過，但大方向一直朝光柱的源頭而去。只見前方越來越亮，仙島迷宮裡幾乎亮如白晝，所有的宮殿、樓閣都披上一層霞光，這時大家才更發現宮殿彩繪的壯美和精巧。

又走了幾分鐘，大家的眼睛幾乎都睜不開了，連忙戴上夜視鏡充當墨鏡用，勉強看到前方似乎有個極亮的城門，耀眼的光芒就是從門裡射出來的。此時，提拉潘和陳軍、宮本三人正怔怔地站在光芒當中，似乎呆住了。姜虎用手擋著眼睛，來到提拉潘身邊碰了碰他：「喂，你沒事吧？」

提拉潘瞇著眼睛，呆呆地看著前方，也不說話。宮本卻慢慢向後退步，口中不停說著日語。林振文問羅斯．高他說什麼，羅斯．高翻譯道：「我來到了天照大神的宮殿……那是神武天皇的光輝……」

第三十九章　章晨光的殺機

「裡面究竟有什麼？」田尋問道。

忽然光芒強度減弱，變得沒那麼耀眼了，大家慢慢迎著光芒走進去，完全被眼前的景象震撼，都呆得說不出話來。

這是一座高大的城門，進門去，見裡面是個全由漢白玉建成的精美宮殿，城門左右各有一對純金鑄就的雙翅金虎，高約兩丈，金虎怒目橫鬚，逼真之極。地面漢白玉方磚雕著花鳥人物、走獸飛禽，殿中分別建有三座六角形水池，每個水池都有方圓五十米寬，池中立著十幾丈高的假山，分別刻有「蓬萊」、「瀛洲」和「方丈」三個紅色隸書體，三座假山中均點綴著亭台樓閣，石質階梯依山而建，山中還有道士在涼亭中下棋，身旁道僮侍立，山下河邊有村民打魚，人物雕塑栩栩如生。

假山旁的台階上放著均為玉石雕製的香爐、寶鼎和屏風，屏風上精刻花鳥蟲紋，宮殿內金銀器皿堆積如山，成箱的金磚四處散落，無數珍珠寶石項鍊被隨意掛在三丈多高的珊瑚樹上，各種金銀佛像、檀木千手觀音像、紫金彌勒佛像高低錯落地擺滿了半個宮殿，一眼望去足有上萬尊。宮殿內還擺著各式檀木桌案、長椅和黃花梨木雕成的大床，床上堆滿各色絲絹綢緞，床邊放著檀木落地宮燈，燈體被雕成宮女手持燈盞的形狀，造型十分別緻。

大殿正中是一個漢白玉雕成的八卦高台，高台側面雕刻著一組組精美的人物浮雕，細一辨認，浮雕內容都是漢武帝生前的豐功偉績，如：獨尊儒學、拓展疆土、擊敗匈奴、通商西域、創立太學等。

最令人驚奇的是在八卦高台上立著一根純金龍柱，這根金龍柱足有八仙桌面粗細，上面盤滿了各種姿態的龍形，無數條龍在雲霧中翻騰盤旋。金龍柱頂端站立一隻展翅欲飛的烏金色大鳥，大鳥揚頭張嘴，嘴中含著一顆足有臉盆大小的明珠。

金龍柱後約二十餘丈遠的壁頂上嵌著一尊純金打就的巨靈天神，這巨靈天神貼壁蹲立，左臂和雙腳攀在牆上、右臂探出，手裡拿著一面鑲滿寶石的銅鏡，從銅鏡中發出一道細細的白光射在明珠上，這明珠也不知是用什麼材質製成的，在細光的照射下激發出粗如桌面的耀目白光，照得整個大廳亮如白晝，白光從宮殿大門射出，好似燈塔上的航標燈，遠遠向長樂宮和未央宮照去。

大家都看傻了。提拉潘等傭兵不約而同地走上前去，眼睛裡映著金銀珠寶的光輝，所有人臉上都煥發出異樣的光彩來。

林小培睜大了眼睛：「哇……好多珠寶啊！」突然羅斯．高大吼起來，把林小培嚇了一跳，只見羅斯．高撲到一棵珊瑚樹上，發瘋了似地往下摘寶石項鍊和珍珠玉

第三十九章　章晨光的殺機

串。除林之揚、林振文、田尋和郎世鵬之外，其他傭兵都扔掉手中的步槍，一起猛撲上去搶奪金磚。日本人宮本眼中也露出貪婪的光，但身體仍站在原地不動。姜虎也跑到金磚寶箱前去看，但槍還握在手裡，他在南海鬼谷和新疆回王陵時都見過大堆的金銀財寶，因此對財寶誘惑的抵抗力比那幾個傭兵強得多。

郎世鵬慢慢走到金龍柱前，仰頭歎道：「金烏銜日，這就是金烏銜日啊！」田尋也被這壯觀之極的景象所驚呆，他喃喃地說：「這就是中國古代傳說中代表太陽的金烏？它嘴裡叼的是太陽嗎？」

「那顆珠子是用什麼做的？怎麼這麼亮，刺得我眼睛發酸！」姜虎揉著流淚的眼睛問。

林之揚走到牆邊，抬頭看著那尊純金巨靈天神手中的銅鏡，搖了搖頭：「實在猜不透這面銅鏡有何魔力，居然能自行發光！」

忽然林小培叫道：「快看那邊，那邊有一座山！」

大家放眼向三仙山後面看去，卻見大殿後半部居然是半座石山，山勢連綿而上直至殿頂，山中有一條用青條石砌成的石階，石階依山勢而建，盤旋向上，約二十米高處石階被一大團雲霧擋住，看不到前面的景象。

提拉潘舉望遠鏡向那團雲霧看去，只見在望遠鏡十字絲視野中那團雲霧緩緩上下翻騰，輕輕飄蕩，卻不會飄出很遠，只在一個橢圓形的大空間內飄著，十分怪異。提拉潘說：「真奇怪，那團雲霧從哪來的？居然也不飄遠，就在那裡定著。」

林振文對姜虎說：「你上石階去看看。」

姜虎哼了聲：「這種好事倒沒忘了我，林老闆，你也太照顧我了吧？」

林振文沉著臉道：「少說風涼話！叫你去就去，別忘了我們之間有協議，我是付了錢的！」

「哈哈哈，林先生什麼事都讓人當炮灰，也太說不過去了吧？」宮殿門外突然響起大笑聲。林之揚等人嚇了一跳，連忙回頭去看。

從殿外走進三十幾個人，均是一身黑衣打扮。除最前面兩人外，其他人手裡都端著95式衝鋒槍或狙擊步槍。林之揚一看為首的兩人，頓時大驚失色！

是章晨光和老段！

林之揚簡直不敢相信自己的眼睛，他指著兩人，張嘴說不出話來。提拉潘等傭兵剛回過神來，紛紛去撿扔在地上的槍，林振文也準備掏腰間的手槍，章晨光背後那三十幾名武裝黑衣人同時舉槍對準他們，大聲喝道：「別動，誰敢動就打爛他的腦袋！」

無奈之下，大家只好扔掉手中的槍，乖乖舉起雙手。林之揚還在疑惑之中，他問：「小章，你……你們怎麼會在這裡？」

章晨光哈哈大笑。忽然林小培驚恐地大叫起來，身子連連後退，雙手摀住臉轉身就跑。田尋連忙抱住她：「小培，別怕！」

章晨光對林之揚說：「林教授，兩年不見，你似乎瘦多了。」

「你們到底是怎麼進來的？是不是從我們一進甬道就開始跟蹤了？」林之揚又驚又怒，追問道。

老段走上幾步，從珊瑚樹上摘下一串珍珠項鍊，在手中掂了掂，說道：「林教授，你錯了。我們根本不知道你們什麼時候進甬道的，但有件事必須告訴你：我比你們還快四天進入茂陵地宮！」

「什麼？這……」林之揚和林振文臉上均露出難以置信的神色，「這不可能！你們到底是怎麼進來的？」

老段把珍珠項鍊扔在地上，嘿嘿笑了：「那就要問你林教授的寶貝女兒囉！」

林之揚回頭看了看林小培，見林小培神情恐慌地躲在田尋身後，似乎十分害怕。

林之揚心生疑惑，章晨光和老段不止一次去過他在西安的家，小培和他倆雖無深交，但互相再熟悉不過了，章晨光經常主動搭訕，小培很少理他。

而現在小培的表情明顯反常，在茂陵地宮中大家遇到無數凶險，她也沒像現在這樣恐慌。林之揚轉回頭，沉著臉對老段說：「小段，別繞彎子了，如果不是你在鋼鐵廠跟蹤我們，絕不可能進到這裡來！只是我很奇怪，你這不到四十人的隊伍是怎麼敵得過我鋼鐵廠近百名武裝工人的！」

「哈哈哈哈……」老段和章晨光相視大笑，笑得十分下流。章晨光說：「老段，你說我們要不要把真相告訴林教授？說真的我很不忍心啊！」

老段笑了：「我也不忍心，那麼如花似玉的林家小姐，唉，真可惜……」

林振文怒道：「你們兩人在搞什麼鬼？有話快說！」

老段哼了聲，冷笑道：「到了這地步還敢嘴硬，乾脆告訴你們吧！老林頭，你是不是一直以為你那張布帛地圖是世上僅有的一份？」

「此話怎講？」林之揚不解地問。

老段沒回答，卻從懷裡慢慢掏出一張紙卷，朝對面平鋪展開：「你看這是什麼？」

第三十九章　章晨光的殺機

林之揚等人一看，都吃了大驚，這紙卷上的圖案居然就是布帛地圖的內容！林振文非常震驚：「你……你這地圖是從哪來的？」林振文怒道：「肯定是尤全財給洩露了出去！那地圖在新疆喀什被尤全財半路劫走，一定是被他複製，又落在你們手裡的！」

老段卻笑著搖搖頭：「你猜錯了，這地圖不是從尤全財處得到的，而是這位漂亮的林小姐送給我們的！」

「你胡說！」林之揚神情激動，「到底怎麼回事？快說！」

章晨光有點不耐煩：「老段，別像個娘們似地繞圈子了，我都跟著著急！我來直說吧，自從尤全財在北京被綁架，我們就開始注意這事了，後來你們組織團隊去新疆喀什，而尤全財隨後也派大批人馬去新疆，我們更加懷疑。暗中調查後才得知，原來當年我在茂陵村花五十塊錢收的那個青銅底座就是天馬飛仙原配的底座，其中藏有茂陵地宮修建圖，於是我們也開始暗中行動。

「我先花高價找了一個長相酷似這位田尋先生的男人，故意讓他找機會接近林小培，獲得她的信任，然後找機會偷偷灌醉她，再上床拍下她的裸照和色情影帶，用此來要挾她想辦法弄到你手中布帛地圖的備份。林小姐還不算太笨，終於打聽到那布帛地圖被林振文藏在他的咸陽城堡裡。她以好奇為藉口，軟磨硬泡讓林振文帶她去到城堡的地下暗室，將布帛地圖拿給她看，然後她偷偷用手機拍下照片交給我們，就這樣，我們才知道了茂陵地宮的地形和地理位置。」

林之揚、林振文和田尋都幾乎不敢相信自己的耳朵，田尋大聲罵道：「你閉上嘴，是不是喝多了說胡話？」

「田尋先生，我現在很清醒。」老段笑著接口說，「剩下的故事由我來講吧！我們拿到地圖照片後，計算出地宮的大致方向、深度和位置，發現地宮西面的墓牆與石川河支流重合，於是我們出資在石川河上游辦了一家採煤廠，派專業潛水員潛入石川河，在地下河道內用水下挖掘機橫向挖掘，終於挖到地宮墓牆處。隨後我們炸開墓牆，冒著河水倒灌的危險進入地宮。進去之後才發現茂陵的地宮外壁四牆都做了防滲水處理，牆壁都是三層的。我們在地宮牆底用活動金屬板砌出一個空間，然後用金屬纜管引出空間內的水，再打通牆壁來到地宮內部，結果比你們還快四天半。打通三層宮牆後發現是個迷宮，不過我們的運氣不錯，打通的位置就在外神道附近，但我們在迷宮中仍然被機關殺死三個人，我們將屍體運走，以免你們發現後心有防備。」

第四十章　雲霧宮

這回姜虎和田尋才回想起先前在外神道迷宮裡發現的新鮮血跡，原來是章晨光手下黑衣人所留。

老段繼續道：「本來按照布帛地圖的指示，我們應該順利地找到北斗七星佛像，可是林小培這個笨蛋拍下的照片不是很清晰，我們無法清楚看到仙島迷宮簡圖，沒辦法只能埋伏在萬佛壁等待你們的到來，由你們開啟機關後，我們再進入撿個現成。這回你們懂了吧？」

林之揚徹底呆住了，半晌說不出話來，就像傻了一樣。

林振文瞪著林小培，眼睛裡似乎要冒出火來：「小培，這……這是真的嗎？」

林小培後退著，臉上露出迷茫又驚恐的神色。突然大叫一聲，掙開田尋的胳膊回頭向殿內深處跑去。田尋大喊：「小培，快回來！」林小培頭也不回，一直來到後殿石山，慌不擇路中她徑直踏上山中的石製階梯，一路迅速跑上去，轉眼間就跑到那團繚繞的雲霧之前。

田尋見林小培衝上石山，連忙隨後緊追。剛踏上石階就見她就要衝進那團雲霧中，田尋驚出一身冷汗，連忙大叫：「小培，快回來，前面危險，快回來！」已然晚了，林小培衝進雲霧裡，轉眼就不見了，雲霧後面就是堅硬的牆壁，但她的身影並未撞到牆壁，似乎憑空消失在空氣中，瞬間毫無蹤影。

「小培！」林之揚痛心大叫，老淚縱橫。林振文扶住父親直勸，心裡也是十分難受。

田尋順石階來到雲霧面前，一股涼氣撲面襲來，他將右手慢慢伸進雲霧中，裡面似乎有空氣緩緩流動。他側身探頭，見雲霧背後就是空曠的石崖，腳下是殿中擺著的幾尊巨大佛像，並無出路，不知林小培是怎麼消失的。

遠處章晨光和林之揚等人都仰頭看著他，等待著他下一步的動作。

田尋正在疑惑間，忽然伸進雲霧中的右手被一隻小手抓住，並用力向裡拉，田尋大驚，連忙用力去拽，想把那隻手拉回來，可似乎有一股無形的力量使得他右手絲毫用不上勁，就在一愣神的工夫，田尋腳下不穩，他大叫一聲，整個人被拉進雲霧裡，身體瞬間消失。

林之揚等人都呆了，姜虎喃喃地道：「他們……他們都到哪去了？」

第四十章　雲霧宮

老段對章晨光說：「老闆，你看到了吧？這茂陵地宮有多神奇？太多疑團等著我們去解開了。」

章晨光一擺手：「你們都給我爬上去，快點！」

林振文怒道：「想讓我們當炮灰嗎？做夢！」

「哈哈哈，你說對了！」老段大笑，「彼此彼此，誰也不要說誰，剛才你不也讓手下人當炮灰、打頭陣嗎？少廢話，不想被打死就快去！」十幾名黑衣人舉95式衝鋒槍對準林振文等人。無奈之下，大家只得慢慢轉身，向山石腳下走去。

老段忽然說：「去把布帛地圖拿過來！」

一黑衣人走到林之揚面前伸出手，林之揚無奈，只得掏出金屬軸交給這人，這黑衣人把金屬軸拋向老段，老段穩穩接住後擰開金屬軸，倒出布帛地圖展開細看，臉上露出笑容，邊看邊點頭。

章晨光大喜，把手一揮，令林之揚等人爬上石階。

「我不想去送死！」羅斯．高忽然大叫著往殿外狂奔，姜虎心中一緊，連忙喊道：「回來！」

老段眼露凶光，掏出92式手槍朝羅斯．高後心連開三槍，打得他後心開花，一個趔趄栽倒在漢白玉地面，再也爬不起來了。

「還有人想跑嗎？這就是下場！」老段哼了聲道。林之揚長歎一聲，抬腳踏上山石階梯，眾人都朝石階盡頭走去。章晨光等人隨後緊跟，用槍逼著林之揚等人連聲催促快走。

來到雲霧盡頭，林之揚遲疑著不敢進去，他回頭看了看林振文，說：「振文，你替父親打個頭陣吧！」

林振文後退一步，害怕地說：「爹……這個……早晚都要進去，還是你先來吧！」

林之揚大怒：「什麼混帳話！快進去！」

林振文不再說話，但卻也不動。老段喝道：「爭什麼爭？全都給我進去！」一名黑衣人上前用槍頂著提拉潘後心：「快上去！」

突然提拉潘身形一矮，迅速轉身抄到那黑衣人背後，同時捏住他持槍的雙手再用力扭轉，那黑衣人大驚，下意識扣動了扳機，「嗒嗒嗒！」打得後面另一名黑衣人前仰後合，從石階上直栽下去跌在地面上。

另有幾名黑衣人見狀大驚，立刻舉槍就射。姜虎、陳軍和宮本等傭兵同時趁亂上

第四十章　雲霧宮

前奪槍，頓時槍聲大作，火舌四起，章晨光和老段走在最後，他倆見場面大亂，連忙矮身躲到石階側面的角落中。幾十名黑衣人同林之揚手下的傭兵開始了近身搏鬥，在這種貼身環境下，拳腳功夫才發揮出巨大威力。一名傭兵曾是四屆全省拳擊冠軍，他衝上前去左右啪啪兩記連環斜勾拳，打得一名黑衣人猝不及防，將舌頭都咬斷了，嘴裡噴著血倒地昏迷。

提拉潘自然更不含糊，他縱身斜衝，揮肘擊在一名黑衣人側腦，泰拳手每日練拳時都要用拳、肘、腿和膝蓋踢大樹、甚至鐵柱，渾身關節如鋼筋鐵骨，這一記鐵肘頓時將那黑衣人頭骨擊裂，那人大叫著從高高的石階上直跌下去。

姜虎也將一名黑衣人打倒，並奪過對方的95式衝鋒槍，兩名黑衣人同時抽出匕首撲向宮本，宮本也不躲閃，拔刀在空中劃了兩道弧線，那兩名黑衣人脖頸鮮血噴出老高，頓時氣絕。

剩下的黑衣人邊後退邊舉槍射擊，姜虎身邊一名傭兵被幾股火力打落石崖，郎世鵬躲閃不及，也被子彈擊中小腹，跌下石階摔死。林振文等人身處上方，地形不利也無處躲避，姜虎打光子彈後大叫：「沒地方躲了，快衝進去吧，是死是活聽天由命！」說完他晃身形衝進石階盡頭那團雲霧之中，身影頓時消失。

林振文一咬牙，也跟著衝進雲霧，林之揚等人且戰且退，紛紛逃進雲霧團中，最後一名傭兵連開幾槍後轉身衝向雲霧團，被後面的黑衣人一梭子打在後背上，那傭兵慘叫一聲身體前撲，也跌進雲霧團中消失不見。

章晨光和老段慢慢探出頭來，見林之揚等人都進了雲霧團，好似全蒸發了一樣。章晨光等人慢慢聚在雲霧團前，老段對一名黑衣人說：「你進去看看！」那黑衣人嚇得直搖頭，章晨光把眼一瞪：「想死是不是？不聽命令者死！」

那黑衣人無奈，只得慢慢走到雲霧團之前，伸出右手探進雲霧裡。老段走到雲霧團側面探頭去看，說來也怪，這團雲霧的厚度不過半尺，黑衣人的手臂已經伸進去一尺有餘，可從側面卻看不到手臂探出。老段說：「把頭探進去看看，快！」

黑衣人遲遲疑疑地把頭探進雲霧團，後面的人問：「喂，看到什麼了？」那黑衣人身體不動，彷彿石化了一般。章晨光用力一拍他後背：「到底看到什麼了？說話啊！」黑衣人仍然不動，老段一擺手，兩名黑衣人將他用力拉回來，只見那黑衣人目光發直，臉上卻精神煥發。

章晨光問：「你他媽發什麼呆？到底看到什麼了？」

黑衣人喃喃道：「仙山……財寶……好多金子……」

第四十章　雲霧宮

眾人大喜。章晨光眼睛冒出紅光：「太好了，大家快衝進去，不能讓姓林的搶了先！」老段一揮手，幾名黑衣人挺槍衝進雲霧團。

老段和章晨光最後進入，按理說邁步進入雲霧團後，腳下應該是幾十米高的石崖，可進到裡面才發現，這裡居然是另一個世界。

這似乎是個海邊小島，島上雲霧繚繞好似仙境，島上珊瑚礁石林立，由金銀雕成的仙鶴神鳥、飛禽走獸散布島中，放眼望去，到處都堆著各種金銀玉器、珠寶寶箱。這小島方圓至少有幾百米，島中財富似乎絲毫不比金烏神鳥宮殿中的珠寶少。

章晨光手下這些人以逸待勞躲在地宮中等待林之揚人馬出現，心理上的準備相當充分，因此他們見到珠寶後也並沒發狂，即使如此，幾個黑衣人仍然大叫著衝進島去，抓起大把的珠寶狂笑起來。

章晨光和老段是見過世面的人，章晨光本身就有幾十億身家，因此並未太過激動，兩人高興得擊掌相慶，慶祝終於找到了茂陵地宮的巨富橫財。

忽然老段問：「奇怪，林之揚他們跑到哪去了？」

大家四下查看，果然沒有他們的蹤影。章晨光下令在島中仔細搜索，一旦找到格殺勿論，反正林之揚等人對自己也沒用了，乾脆除掉。

這些黑衣人也是章晨光和老段花重金四處找來的傭兵，四肢發達，頭腦簡單，再見到這麼多財寶，早就半昏了頭，哪還有心思抓人？但命令不能違抗，這些人只得抓起已經扔在地上的衝鋒槍，在島中呈扇面形散開，慢慢搜索起來。

一名黑衣人端槍來到一棵高大的珊瑚樹旁，見這珊瑚樹頂架著一顆西瓜大小的夜明珠，珠中似有螢光流動，攝人心魄。這黑衣人看得眼睛都呆了，慢慢接近這珊瑚樹細細欣賞那顆珠子。距離珊瑚樹僅有一米左右遠時，忽然眼前白光一閃，黑衣人只覺腰間劇痛，低頭看去，見鮮血從腰間汩汩流出，還沒等他叫出聲來，就覺重心不穩，身體從腰部斷為兩截，上半身滑落地面，鮮血和腸子流了滿地。

宮本從珊瑚樹後探出半個頭，將刀收回鞘內。他慢慢站起身，剛走了幾步，又見一名黑衣人在假山後舉槍射擊，宮本左手在腰間摸出一枚六角飛鏢，「颼」一地飛出去，寒光迅捷無倫直飛那黑衣人面門，黑衣人只開了一槍，就被飛鏢釘在腦門，睜著眼慢慢倒下。

宮本貓著腰走到那人身邊，從他額頭上拔出飛鏢，擦乾淨血跡收回腰間。忽然右前方有個光點一亮，宮本很清楚那是什麼光亮，立刻晃身形躲避，「砰」的一聲槍響，子彈擦著宮本頭皮飛出，將他腦袋劃出一條血槽。

第四十章　雲霧宮

顯然對方是個經驗豐富的狙擊手，剛才的亮點就是狙擊槍瞄準鏡玻璃的反光。宮本身體藏在假山後面不敢動，眼睛密切注視著前方的動向。忽然他向右一個地滾躲開，「嗒嗒嗒！」一串子彈打在他剛才藏身的假山石上，打得石屑亂飛。兩名黑衣人從不同方向朝宮本逼近，見到人影就開槍，企圖用流彈擊中對方。宮本在日本修練過上乘忍術，身形如電，那些黑衣人只是特種兵之類的人，根本無法逼近宮本，但又有至少三名狙擊手在遠處伏擊，這樣一來，宮本就左右支絀，有些力不從心。

漸漸地，宮本被逼到小島角落的一塊假山後面，四名黑衣人持槍圍了過來，三名狙擊手眼睛對準瞄準鏡十字絲，也慢慢向假山走去。這裡掩體太少，宮本不能坐以待斃，等那四名黑衣人迫近時忽然衝出，只兩秒鐘工夫就砍掉了兩名黑衣人的頭，另兩個黑衣人大叫著開槍掃射，宮本在地上連滾幾個圈來到黑衣人腳下橫向揮刀，兩黑衣人四隻腳被齊腳踝斬斷，好像熱刀切黃油，他們甚至還沒感覺到疼，就已經栽倒在地上。

「砰！砰砰！」俄製Dragunov狙擊槍不斷射出子彈，宮本身形連晃，在三人連狙之下苦苦躲閃，忽然他腳下踩到一名黑衣人斷掉的腳掌，身體差點栽倒，宮本左手在地上輕輕一撐立即彈起。這時槍又響了，狙擊手非常狡猾，他抓住宮本身體失去重心的唯一機會，就在這零點幾秒時間內，子彈準確射中宮本後腰，宮本悶哼著倒地。

三名狙擊手除掉了棘手敵人，均欣喜若狂，快步向宮本跑去。一名狙擊手以為宮本肯定死了，翻身越過假山，忽然眼間寒光一閃，他心中暗叫不好！一枚精鋼六角飛鏢釘在咽喉中，這狙擊手翻過假山後直接摔在地上，扭了扭就不動了。

另一名狙擊手招手叫來三個幫手，向宮本包抄過去，此時的宮本躺在地上無法動彈，他的腰椎已被力量強大的狙擊子彈打斷，成了廢人，但手裡仍捏著飛鏢，企盼多殺一人是一人。一名狙擊手看出眉目，悄悄脫下身上的黑色制服遠遠拋出去，「唰唰！」兩枚飛鏢準確地射穿衣服，另一邊如法炮製，精神高度緊張的宮本打光了身上十六支飛鏢後再無進攻之力，眼看著三名黑衣人狂笑著端槍跑近，他大吼一聲：「死ね！」用盡全力擲出手中日本刀，刀身如離弦之箭從最前面那名黑衣人胸前穿透，又插在後面的假山石縫中，刀身嗡嗡直振。

其他幾人大怒抬槍就射，宮本知道命已難保，左手從腰間抽出脅差，也就是那把專門用來自殺的短刀，噗一聲刺入心臟，自盡而亡。

狙擊手衝上前，狠狠踢了宮本屍體一腳，罵道：「他媽的小鬼子，臨死還殺了我們兩個兄弟！」老段趕過來問：「怎麼樣？」

第四十章　雲霧宮

「總算殺了這個日本忍者，我們也損失了八個人。」

「他媽的，小日本還真挺厲害！繼續找其他人！」

這時一名手下來報：「段哥，小島那邊發現一個圓拱門，裡面黑黝黝的看不清東西，林之揚他們肯定是逃進去了，我們要不要追？」

「當然追，難道還留活口不成？再說梓宮還沒找到，大家打起精神，給我追！」章晨光揮手下令，十幾名黑衣人將手中槍換上新彈夾，集合隊伍向小島西北方向抄去。

這裡果然有個巨大的拱形城門，城門上鐫刻四個隸書大字：威強睿德。拱門旁邊雕著一個巨大的猙獰獸頭，獸頭朝下方大張著嘴，環眼直瞪，似乎要把進門的人一口吞掉。章晨光罵道：「該死的漢武帝，還弄個嚇人的獸頭，能嚇住我們嗎？我們連鬼都不怕，鬼也要怕我們，哈哈哈！」眾人都大笑起來。

一名狙擊手問：「段哥，那四個字是什麼意思？是漢武帝的名字嗎？」

「不，是他死後的諡號。古人認為要同時擁有威嚴、堅強、明智和仁德才配得上『武』這個稱號，因此用武字給劉徹做諡號。」他邊說邊舉強光手電筒向門內照去，城門裡黑乎乎的什麼也看不見，一股股涼風從裡面逸出。

「那我們進去嗎？」章晨光有點膽怯地問老段，老段略一沉吟，堅決地道：「進！不入虎穴，焉得虎子！」

章晨光說：「我們已經找到大量財寶，現在完全可以抽身而退，再用我們安排好的方法偷運到美國去過神仙日子，還管他林之揚幹什麼？」

「不行，林之揚等人不除，終究是我們的心腹大患，再說那漢武帝的棺槨是世界之謎，和秦始皇陵齊名，有多少中外專家學者畢生都在研究這個課題，我們費盡力氣到了梓宮大門外，哪有過門而不入的道理？」

聽了老段的話，章晨光也連連點頭，他一揮手，命令十幾名黑衣人進入梓宮城門。

第四十一章　父子反目

進入之後才發現這裡的路並非豎直向前，而是橫向延伸開來。遠遠照去，左右大約有兩百餘米寬，均由石磚砌成。十幾人兵分左右去探路，看到石磚牆上有幾個開口，進去後仍然是近百米長的橫向通道，這條通道中也有數個開口，只是位置與第一條通道不同，繼續向前探路，發現每條通道中都有一至四個開口，其中有些通道還被石牆隔成幾個封閉的石室，穿行幾次之後，人很容易迷失方向。

章晨光等人進入地宮後並未接觸多少怪異生物，僅在外神道迷路時折損了三人，因此警戒性不高。老段說：「我們這十八個人分成六隊，都在槍上裝好戰術手電筒，探路時用筆在每個拐角路口畫上記號，哪一隊找到出口就用序號向回標示，立即行動！」

六隊人馬開始行動，章晨光帶著兩個人從最中央的路探去。七拐八彎轉了半天，也沒發現有什麼出口。兩黑衣人開始埋怨：「老闆，這茂陵怎麼這麼大？簡直和故宮差不多，轉得我頭都大了！」

「你們懂個屁！這茂陵用幾十萬人修建了半個世紀，你說大不大？少發牢騷，等宰了林之揚那些人，我們就可以把財寶都運出去，那時候啊，嘿嘿，我讓你們都過上比阿拉伯石油大亨還富有的日子！」

兩黑衣人樂得嘴都合不上了：「太好了老闆，那時一定要找幾個日本妞玩玩，行嗎？」

章晨光道：「沒出息的傢伙！玩日本妞就滿足了？到時候給你倆每人十個法國妞，讓你們天天當新郎，夜夜入洞房！」

「哈哈哈哈……」三人都淫笑起來。忽然一黑衣人猛然回頭舉槍瞄準，神情緊張。章晨光罵道：「你小子發什麼神經？」

那人緊張地說：「好像、好像有個人影從那邊晃過去了。」三人舉強光手電筒照去，通道盡頭是一堵石牆，什麼東西也沒有。

「你眼花了吧？下次看清楚點，廢物！」兩人共同埋怨他，那黑衣人慢慢放下槍，嘴裡嘟囔著不再說話。繼續向前走了幾十米，忽然另一名黑衣人狙擊手低聲道：「那邊有人，小心！」從狙擊槍瞄準鏡十字絲中看到前方百米左右處有個黑影，正躲在拐角處慢慢移動。

第四十一章　父子反目

章晨光剛要說話，狙擊手做了個噤聲的動作，示意另一黑衣人端著衝鋒槍慢慢摸過去，衝鋒槍手在前，狙擊手在後。

摸到拐角處，黑影卻不見了蹤影，幾人四處搜索也無結果，章晨光說：「是不是林之揚他們的人躲在暗處偷襲？」狙擊手答道：「有可能，林之揚的隊伍裡不乏各路高手，像之前那個日本忍術高手憑一己之力就殺了我們八個弟兄，不管怎麼說，我們要千萬小心。」

另外一隊人在老段的帶領下正在迷宮中四處搜索，遇到一個岔路口，黑衣人問：「段哥，往哪邊走？」老段左右看了看，說：「你往左走，老吳跟我往右走，大家別走太遠，沒什麼異常就回來集合。」那黑衣人應了聲，端著95式衝鋒槍向左邊走去。

拐過兩個彎之後，忽然聽到前方似乎有細細碎碎的聲音傳來，黑衣人心中一驚，連忙循聲源悄悄摸去，轉了十幾個彎之後，聲音越來越清晰。黑衣人貼著牆壁慢慢探出半個腦袋去看，見面前是一個黑沉沉的大廳，牆壁全由鐵板圍成，一扇高大的黑鐵門嵌在鐵壁中，三個人正站在鐵門前低聲交談，看起來是一個六十幾歲的老頭，一個四十歲左右的中年男人和一個三十多歲的男人。

那黑衣人心中一緊，剛要順原路回去報信，卻又轉念停住，想先悄悄偷聽個究竟，於是他將身體緊貼在牆上，豎著耳朵仔細聽起來。

那中年男人把聲音壓得很低，但語氣裡仍然透出心中的不滿，只聽他說道：「從一開始我就反對這件事，但你從來不肯聽取我的意見，哪怕只是半分，這些年我只能跟在你屁股後頭，一直被你牽著鼻子走！」

那老人哼了聲，問：「這麼說，多年來你一直心中不服了？」

「談不上不服，只是覺得你總是擺出高高在上的態度，令我很不舒服！」

「很不舒服？你還想怎麼舒服？偌大一個集團歸你掌管，幾億元修建的城堡別墅任你享用，嬌妻美婢侍候著，僕從跟班任意用，還不滿足嗎？」

「這些……這些又有什麼用？我要的是自由，是自由！」

「貪心不足的東西！擁有這麼多還不滿足！」

「我貪心不足？哈哈哈，這真是世上最可笑的笑話！」

「你笑什麼？」

「我笑你說我貪心不足！哈哈哈！至少我還滿足現狀，不願去挖掘什麼茂陵地宮，去海外買什麼小島，過什麼神仙日子！可你呢？自從得了那個布帛地圖，你就完全變了，一心想要進到這陰森森的地宮來，現在滿意了吧？死了無數人，現在也難逃凶險，說不定下一秒命就沒了，估計你是看不到漢武帝的龍船墓穴了，哈哈哈哈……」

這人說著說著突然大笑起來，笑聲中帶著一絲悲涼和絕望。老人憤怒地大罵：「你這個混蛋！我養了你四十幾年，現在反倒笑話起老子來了！你算個什麼東西？還輪不到你來笑話我！」

「是嗎？嘿嘿嘿，那你就自己在這裡做白日夢吧，陳軍，我們走，讓這個瘋老頭子找漢武帝的棺材當床睡吧！」說完，中年男人向另外那男人一揮手，兩人似乎準備離開，那老人怒不可遏，怒罵道：「你這王八蛋！我還不如養條狗，狗還知道吃飽了朝我搖搖尾巴，你他媽連條狗都不如！」

中年男人氣得呼呼直運氣，眼睛似要冒出火來：「你說得對，我在你眼裡確實不如一條狗，你也完全是把我當成你的看門狗來養的。實話告訴你，我對你不滿意不是一天、兩天了，早就想脫離你的控制，我的一切都讓你來安排，小時候和誰玩、玩什麼玩具、上哪個學校、放學走哪條路、吃什麼不能吃什麼、找什麼樣的女友、和誰結婚、做哪個行業等等。我早就受夠了，尤其是杏麗給我戴上綠帽子之後，我就更深切地感覺自己是個悲劇，一個男人最大的悲哀！」

「你說什麼？杏麗怎麼給你戴綠帽子了？」老人問道。

「哼！你還看不出來？她在去新疆的途中和那個死法國佬偷情，幸虧陳軍替我出主意事先裝了竊聽器，要不然我被戴了綠帽子還他媽偷著笑呢！」

老人感到十分意外，中年男人又恨恨地說：「對男人來講，自己的老婆偷人再悲哀不過了，當初她根本不愛我，是你設計逼她父親硬把女兒嫁給我。這十年我們形同陌路，夫妻生活味同嚼蠟，但我一直容忍，如果不是她對不起我，我也不會下狠心殺她……」

「什麼，你……」老人大驚，「杏麗是你殺的？你不是說她從迷宮的機關樓板中掉下去了嗎？」

中年男人見說漏了嘴，索性也不再掩飾：「沒錯，是我故意將杏麗和法瑞爾引上裝有機關的樓板的，如果不親手除掉他們，我這輩子都會睡不著覺！」

老人氣得渾身顫抖，指著他道：「你、你這個混蛋！杏麗那麼好的女人，你居然下得了手！」

「這種女人還算好？我沒覺得。」

老人罵道：「你……你不再是我兒子，我也沒你這種兒子！」

第四十一章　父子反目

中年男人一聳肩：「無所謂，反正我也沒把你當爹，正好一拍兩散。」

老人眼睛直瞪著他，顯然已憤怒到極點，他對另外那男人說：「陳軍，你、你幫我殺了這個豬狗不如的東西，出茂陵之後，所得財富分你一半，我林之揚說出做到，絕不食言！」

陳軍看了看林之揚，疑惑地問：「真的？」

林之揚道：「如果我說謊，就讓我林家全家死光，祖墳被掘！」

陳軍點點頭，從腰間掏出M6904手槍，左手「咔嚓」一聲將子彈上膛，忽然朝左側角落處「砰」地開了一槍，隨著慘叫，有個人影栽倒在地。林之揚問：「怎麼回事？」

陳軍平靜地道：「沒什麼，有人在那邊偷聽。」隨後他又慢慢舉起槍對準那中年男人的頭。中年男人原來就是林振文，他大驚的同時，下意識地去摸腰間的手槍，陳軍立刻道：「別動，否則打死你！」林振文不敢妄動，連忙說：「陳軍，你、你要幹什麼？這個老東西的話你也信，他能活著出茂陵嗎？你給我殺了他，就算這裡的財寶帶不出去，我把林氏集團一半股權讓給你，怎麼樣？」

陳軍遲疑了一下，又把槍口掉轉對準林之揚。這下輪到林之揚冒汗了：「陳、陳軍，你別信他的鬼話，你在我林家幹了七年，我最瞭解你不過了，只要你相信我這個老頭子說的話……」

陳軍冷笑幾聲，道：「實話告訴你們吧，你們兩個人當中我要打死一個，因為那人和我有深仇大恨，令我恨之入骨，我進林家的目的就是為了尋找最合適的機會殺掉他。」

這句話在兩人聽來不啻驚天響雷，林家父子同時大驚，呆呆地看著陳軍說不出話來。陳軍用槍對準林之揚腦門，右手大拇指扳開機頭，說：「七年來我一直在尋找這個機會，沒想到最後等來的居然是在茂陵地宮中，這個機會簡直再合適不過了，我父親的在天之靈也終於可以安息。」

林之揚額頭冷汗直流，說話也打了結：「你、你這是什麼意思？我林之揚和你無冤無仇，對、對你也一直、一直不薄啊！」

林振文卻幸災樂禍地說：「老頭子，看到了吧？這就叫眾叛親離，陳軍你還等什麼？動手吧！」

陳軍點了點頭。

「砰！」

第四十一章　父子反目

子彈貫入林振文額頭正中，林振文瞪著驚恐的眼睛，抬手無力地指了指陳軍，身體慢慢後仰，噗通倒在地上，雙眼圓睜，氣絕身亡。

林之揚呆了，他看著躺在地上的林振文屍體，忽然大叫一聲撲上去，伏在林振文屍體大哭：「振文啊，我的兒子……你睜開眼睛看看我，老爹在這呢！老爹再也不和你爭了，你不能拋下老爹不管啊……」

陳軍看著槍口散出的淡淡青煙，緩緩地說：「林教授，這其中的過節你不清楚，我也不想和你解釋，你只需知道林振文在七年前害死我父親就夠了。今天兩家的帳一筆勾銷，我們各奔東西，再見！」

忽然大廳另一端人影閃動，有三個人從拐角處轉出來，其中一個漂亮女孩見躺在地上的林振文，立刻飛身撲過去號啕大哭：「二哥、二哥你怎麼了？」其他兩人也都愣了，一個身材矮小的人連忙問陳軍：「陳軍，這是怎麼回事？老闆他……」

陳軍道：「林小姐、田尋還有提拉潘，這裡的事與你們無關，實在想知道就問林教授吧，我走了。」說完轉身就要走，還沒等田尋和提拉潘回過神來，突聽林之揚叫道：「給我殺了他！給我殺了陳軍，茂陵的財寶分給你們一半！」

田尋奇道：「林教授，你為什麼要殺陳軍？」

林之揚眼睛都紅了：「是他！是他打死了我的振文！」

三人皆驚，陳軍緩緩點了點頭：「是我打死的，你們誰想殺我就來吧！」

提拉潘端著槍疑惑地在陳軍、林之揚和林振文的屍體之間掃視。林之揚知道提拉潘生性貪財，也只有他能為巨大的金錢誘惑所動，於是嘶啞著聲音大叫道：「提拉潘，你給我宰了陳軍，就算我們帶不走茂陵的財寶，出去之後我把林氏集團全交給你，絕不食言！」

提拉潘斜睨著陳軍，心中猶豫不決。林小培抬起滿是眼淚的臉，大聲道：「陳軍！我們林家哪點對不起你，你要殺我二哥？你還有沒有良心？你這個狼心狗肺的東西！」她又對提拉潘說：「你快去殺了他，快去啊！」

林之揚大叫：「還不動手？你殺了他，現在我們就回頭出地宮，林氏集團歸你所有，我再把小培嫁給你！」

提拉潘不再遲疑，舉槍就要向陳軍開火。陳軍身體雖然沒動，但卻早有防備，一矮身斜刺裡衝出去。提拉潘手中M4A3步槍突突開火，火舌如影隨形，子彈射出後，直貼著陳軍身後不足半尺的地方，但就是打不到他身上。

陳軍身體呈之字形躲避，三下兩下就來到提拉潘近前，他猱身而上，探右手去抓

第四十一章　父子反目

提拉潘步槍彈匣，扳卡榫往下一拉將彈匣卸掉，遠遠扔出。提拉潘槍裡沒了子彈頓時啞火，他不假思索，左手握槍管以槍作棒擊向陳軍頭頂，同時右手去掏腰間的M6904手槍。

陳軍側身躲開槍管，左手去奪他手槍，提拉潘自幼修習正宗古法泰拳，根本沒把中國搏擊功夫和日本忍術放在眼裡，他右臂不動，左肘隨身體旋轉橫掃陳軍右腦，陳軍深知對方四肢如鐵，挨上就沒命，只得彎腰蹲下，提拉潘右膝猛擊陳軍下頜，陳軍連忙後退，但還是被他的鐵膝蓋刮到鼻尖，鼻肉撕裂，鮮血直流。

在提拉潘抬膝的空檔，陳軍雙手用力抱住他大小腿，用右腿猛踢對方小腹，而提拉潘根本不躲避，左肘向下砸陳軍大腿，哪知這是個虛招，陳軍右腿忽然回彈，隨後又側踢他左太陽穴，提拉潘順勢用左肘一擋，反手抱住他小腿用力一拽，陳軍頓感腳下無根，他立即抱緊對方右腿，左腿橫掃他的左腿。這一招用得極險，因為陳軍右腿已經離地，左腿如一掃不中，整個身體就會完全失去平衡，等於把自己賣給對方了。

就見提拉潘左腿一振，騰空高高躍起，膝蓋由外側劃了一個弧線，從不可能的角度撞向陳軍頭頂。陳軍大駭，這一擊如鷹擊長空，力度之猛，不躲是不行了，只得鬆開抱著對方左腿的雙臂，奮力護住頭側。

提拉潘一膝蓋撞在陳軍右臂骨上，陳軍只覺右臂鑽心般地疼，整條胳膊幾乎完全麻木，提拉潘右腳剛一點地，受力後立刻左腿連連橫掃，「砰！砰！砰！」全踢在陳軍雙臂上，陳軍幾乎沒有還手之力，被提拉潘暴風般的掃腿下身體踉踉蹌蹌，連連後退。提拉潘見占了先機，更使出泰拳招數中最凶狠的「立體格鬥術」，雙拳、雙肘、雙腿和雙膝八個點連環使出，從各個角度進攻陳軍。

田尋在旁邊看得心急，他沒時間猶豫，撕開黑色防寒服從右肋下掏出偷藏的那把M6904手槍，子彈上膛後舉槍瞄準提拉潘，可兩人翻翻滾滾鬥得激烈，眼前只有兩團黑影在迅速移動方位，根本無法瞄得準，更不敢貿然開槍。

旁邊的林之揚看得心焦，忽然瞥眼看見田尋正舉槍瞄準要放黑槍，他吃了一驚，連忙從林振文腰間皮帶上抽出手槍。

林小培就坐在林之揚身邊，馬上撲過去奪他的手槍：「爸爸，你要幹什麼？你瘋了嗎？」

林之揚恨得直咬牙：「死丫頭，給我滾開，妳這個吃裡扒外的東西！」

田尋聽到聲音，見林之揚正和林小培奪槍，立刻掉轉槍口對準他：「把槍放下！」林之揚無奈，只得把槍鬆開，林小培大叫：「田尋，別開槍，不要開槍！」

國家寶藏 捌

第四十二章　龍船梓宮

提拉潘眼觀六路、耳聽八方，瞥眼看到田尋要殺林之揚，林之揚如果死了，那自己也就失去了大財主，他心下焦急，這麼稍一分神的工夫，陳軍繞到他背後，用左膝蓋頂在他腰間，同時雙臂鎖他咽喉。提拉潘雙手抓住陳軍胳膊用力掰，同時勾腿反踢他後腦，陳軍竟不躲避，力貫雙臂死鎖住提拉潘咽喉處，後腦吃了提拉潘重重一腳，這下踢得他眼前發黑，噗地吐出一口鮮血，但雙臂的力量不減反增。

田尋想趁此機會開槍射殺提拉潘，但提拉潘極為狡猾，他始終用陳軍擋住自己後背，不讓田尋的視線看到自己，田尋連連移動腳步，竟然無法繞到提拉潘前面，心下甚急。

提拉潘也覺得胸中窒息，他熟知中國武術，知道這一招是中國少林擒拿手中的「大頂椎閉氣」，是敗中取勝的殺招，他不敢怠慢，左肘後揮擊打陳軍左側太陽穴，陳軍完全不躲，被打得口角流血，雙手的力量也漸漸鬆動。陳軍知道自己不是提拉潘的對手，對田尋大叫道：「快走，快走！」

田尋心中一凜，萬沒想到陳軍居然讓自己先逃走，立刻答道：「不行，我要幫你！」

陳軍死死制住提拉潘，費力地低下頭，從胸前口袋中叼出一張磁卡，噗的一聲遠遠吐給田尋，又從緊咬的牙縫裡擠出幾句話：「七年前……我就該死了……活到現在算賺到……你快走……否則我就會白死……快走……密碼是……768642……」

田尋心中十分清楚，如果陳軍被打敗，自己也萬難逃出提拉潘之手，無奈中他只得撿起磁卡慢慢後退，林小培看了看林之揚和田尋，忽然爬起身跑向田尋：「我要和你一起走，別丟下我！」田尋拉過林小培，兩人從另一個拐角逃去。

提拉潘大吼一聲，雙腿點地來了個後空翻，身體從陳軍頭頂翻到他背後，雙肘順勢來了個「雙風貫耳」，重重擊在陳軍兩側太陽穴中，只聽「咔啦」聲響，陳軍悶哼一聲，從耳鼻緩緩流出血來，身體軟軟栽倒，一動不動。

提拉潘喘著氣，揉了揉被陳軍幾乎捏碎的喉頭，連連咳嗽。林之揚懸著的心總算放下，大叫道：「看看他死透沒有！」提拉潘點點頭，彎腰抓住陳軍後背提起來，雙掌分別握住他的下巴和頭頂，準備用力扭斷對方頸骨。

就在他雙手發力時，陳軍忽然向上探出雙手，閃電般地搭在提拉潘下頜和頭頂處用力扭動。

「咔啦！咔啦！」

兩人的頸骨竟同時被對方扭斷，屍身軟軟癱倒，靠著擠坐在地上，恐怕兩人做夢也想不到，死時還會坐在一起。

林之揚慢慢站起來，望著腳邊斷了氣的陳軍和提拉潘，再看看躺在地上的林振文，腦中一片混亂。

這時，從迷宮裡傳出雜沓的腳步聲，林之揚連忙彎腰撿起手槍，快步跑到另一端黑暗的角落裡躲起來。過了不一會兒，只見章晨光、老段和三名黑衣人從迷宮中跑出，章晨光單手拎著95式衝鋒槍，右臂用衣襟纏住滲出的鮮血。一名背著狙擊槍的黑衣人大腿上鮮血直流，另兩名黑衣人左右攙扶著他。

老段見這裡是個寬大的黑色鐵廳，對面一扇巨大的對開黑鐵門沉沉緊閉，鐵門上鑄有直豎排列的槍戟浮雕，鐵門中央則是一匹高頭駿馬，馬鬃、馬尾飛揚如髮，四蹄揚起，肋生雙翅欲飛。奇怪的是兩扇門中間有個大字形的凹洞，凹洞高近兩米，像裝飾花紋，又像能嵌入某種東西。

老段連忙掏出布帛地圖，看著看著，拿地圖的手開始微微顫抖，他激動地說：

「老、老闆，找到了，我們找到了！」

「找到什麼了？」章晨光問。

老段欣喜地說：「我們找到梓宮大門了！你看，地圖上寫著：汗血天馬守護仙島，肉身敬獻可入梓宮。」

章晨光問道：「這兩句話是什麼意思？」

「汗血馬又名大宛寶馬、天馬，也就是這扇黑鐵門上的飛馬浮雕，當年漢武帝為了得到一匹汗血寶馬，不惜派大將李廣利兩次率軍隊攻打大宛國。這種良馬是劉徹最喜愛的東西，從我們進到茂陵地宮後，現在才出現汗血寶馬的形象，無疑這就是梓宮的最後一道大門，我們只需開啟這道大門，就能來到漢武帝梓宮了。」老段回答。

「可我們要怎麼打開這大鐵門？我看這門非常堅固結實，恐怕用炸藥也弄不開。」章晨光有點洩氣。

老段捧著地圖，慢慢走到鐵門近前查看。見門上的浮雕精美異常，連馬鬃的髮絲都根根可見。再看門上那個大字形凹洞，左右和下左、下右末端共嵌著四顆半圓形鋼球，老段伸手在其中一顆鋼球上用力壓下，鋼球應聲而入，鬆開手卻又彈了回來，似乎是某種機關。

他看了看，忽然想起四年前看過一本漢代的孤本文獻，其中介紹了一種奇特的肉祭機關。他眼球轉了轉，回轉身對那個腿上有傷的黑衣狙擊手道：「老林，你過來。」

那黑衣狙擊手不知何意，瘸著腿一拐一拐地費力走過來：「段哥，什、什麼事？」老段扶著他來到鐵門近前，一手指著這個凹洞道：「你看見這個洞了嗎？文獻上說這就是仙島梓宮的福祉洞，傳說人如果接觸到福祉洞就會百病皆消，你快上去試試，不然照你這個流血法，不出兩個小時就會失血過多而死！」

他最後這兩句話倒是真的，大家身上都沒帶止血藥，這黑衣狙擊手腿傷不輕，正在發愁時，聽老段這麼一說，立即連連點頭：「好好，那……我應該怎麼做？」

章晨光卻跑上來：「讓我先來，我這傷口都快疼死了，先治我的！」

老段一擺手：「老闆，你這傷雖然疼，但血早就止住了，沒什麼大礙，老林這傷很重，再不治的話就會死人，他跟了我們好幾年，一直忠心耿耿，我們不能坐視不管。」

老林感動得眼淚都快下來了，緊緊握住老段的手不鬆開。章晨光雖然不悅，但也不好再說什麼，只好讓老段扶著老林慢慢抬起雙腳，踩在那大字形凹洞的左下和右下兩顆鋼球上。然後老段又告訴老林將身體緊貼在凹洞中不得亂動，再用雙手握拳，將左右兩顆鋼球用力頂入即可，自己則悄悄後退出十幾米遠。

老林毫不懷疑，依言將身體緊緊嵌在大字形凹洞裡，左右雙拳把最後兩顆鋼球向外頂去。四顆鋼球同時被壓下。

十幾秒鐘後，從鐵門內傳來軋軋巨響，老林有點發慌，老段大聲道：「別亂動，否則就不靈了！」老林閉上眼睛，老老實實地不敢動。

響了一會兒後，老林的身體忽然縮進鐵門內。只聽老林低悶的聲音從鐵門裡傳出：「太緊了，疼啊！段哥，怎麼辦？疼死我了！啊……」

從鐵門中忽然傳出老林撕心裂肺的慘叫聲，聽得章晨光等四人頭皮發炸，一名黑衣人怯生生地問：「老林怎、怎麼了？」

這時，奇異的景象出現了。鐵門上那匹原本黑色的飛馬圖案漸漸變紅，好似有人用毛筆蘸著鮮血往馬身上塗一般，不多時，整匹馬全都變成了血紅色，這才是真正的汗血寶馬，幾乎逼真得要從鐵門上跳將出來，飛馳入雲。

突然整個鐵廳開始震動，隨著軋軋巨響，大鐵門向左右緩緩分開，裡面隱隱有流光浮動。

第四十二章　龍船梓宮

四人欣喜地大叫起來，老段激動萬分：「梓宮終於打開了，哈哈哈，快進去！」大家都跑到鐵門處，見厚達四米的鐵門凹洞中並無老林的身影，兩名黑衣人同時發問：「段哥，老林哪去了？」

老段隨口說：「他和漢武帝吃飯去了。」

兩黑衣人一愣，隨即反應過來：「段、段哥，老林死了？」

「兩個笨蛋！這鐵門必須要用活人獻祭才能打開，這還看不出來？」

「啊？」兩黑衣人大驚，「他……這……段哥，你明明知道這機關要吃活人，還讓老林……」

「閉嘴！老林腿上有傷，很難活命，而這鐵門又必須要犧牲一個。我選擇你們倆，你們願意嗎？」老段罵道。

兩黑衣人頓時閉嘴，心中都在暗自慶幸，幸好剛才自己沒受傷，否則死的就不是老林了。

四人慢慢走進梓宮，這是個巨大的環形大廳，足有百丈直徑，廳頂吊著一個八面琉璃燈盞，燈盞通體明亮，發出耀眼的光芒，琉璃燈盞四周有八個巨大的洞，洞內風聲呼呼，好像八個巨大的抽風機，明顯可感覺到廳內的空氣在向上流動。大廳內共有三層用漢白玉砌成的圓環，闊約十丈，地面雕刻龍、鳳、虎、豹花紋。最外層靠牆擺著一排純金動物雕像，有蛟龍、鳳凰、虎、豹、馬、牛、猿、獬豸、贔屭、貔貅、犀牛等，個個身高過丈，栩栩如生，每兩個動物雕像之間都有一扇拱門，遠遠望去，門裡廊柱曲折，似乎另有天地；第二層圓環中是三排金甲武士，均面向外環形站立，手持刀戟森森而立；最內層則擺著一圈佛像，從上世的南無阿彌陀佛，到今世的如來佛，再到未來世的彌勒佛，還有觀世音、文殊普賢菩薩和燃燈古佛等，每尊佛像都雕刻精細，耀人眼目。

三層漢白玉圓環之間充滿了銀色液體，這些液體緩緩流動，在光芒之下反射出烏銀之光，液體上浮著幾塊圓形漢白玉石板，液面高度與地面平行。

章晨光和老段等四人完全看呆了，章晨光慢慢走到一尊獬豸金像前，伸手摸了摸，觸手冰涼厚重，再屈指彈彈，顯然是實心的。

老段歎道：「這漢武帝老兒是不是把整個大漢朝所有的黃金都搜刮來了？」

章晨光一把摟住金像，哈哈大笑：「全世界的金子都在這地宮裡了，哈哈，我要用這些金子蓋一所金屋，天天睡在金床上，用金碗吃飯，金馬桶撒尿，再做個金娘們陪我睡覺，哈哈哈！」

第四十二章　龍船梓宮

老段舉望遠鏡看去，隱隱見最內層的金佛像後面似乎有東西移動，但被金佛像和幾排金甲武士攔著，看不清楚。他說：「大家小心，大廳中央有東西在動！」

兩黑衣人早就被金子耀花了眼，胸中似有熱流在全身亂竄，耳朵也嗡嗡直響，什麼都聽不到。老段上前每人給了一耳光：「快給我把槍舉起來，小心丟了腦袋！」兩人這才回過神，連忙問：「段哥，什麼事啊？」

老段一指環形大廳中心處：「那裡似乎有東西在動，你們倆過去看看！」兩人應了聲，端槍來到第一層與第二層白玉圓環之間，黑衣衝鋒槍手看著銀色液體上浮著的圓形石板，問另一人道：「這石板能禁得住踩嗎？可別掉下去！」

那黑衣狙擊手見兩層白玉圓環間距離約為三米，剛好可以利用圓形石板當作跳板躍過，他把狙擊槍交給衝鋒槍手，說：「我先來試試！」說完他深吸口氣，「嗨」地縱身跨步躍上圓形石板，石板立刻一歪，半邊浸入銀色液體中。黑衣人右腳在圓形石板上一蹬，腳上沾到一些銀色液體，他不敢有絲毫停留，藉著一蹬之力躍上第二層圓環，右腳上的液體順著褲腿和鞋子流在石板上，絲毫沒剩。

「老闆、段哥，這銀色液體是水銀，全是水銀啊！」黑衣狙擊手站在第二層白玉圓環上喊道。

章晨光害怕地說：「水銀不是有毒嗎，我們不會中毒吧？」

老段笑了：「沒事，你看廳頂那八個巨洞，可能是個天然形成的風口，將廳中水銀蒸發出來的有毒汞氣體全都抽上去，這廳裡絲毫沒有汞的氣味，所以我們不用害怕。」

另一個黑衣人聞言點點頭，把狙擊槍和衝鋒槍遠遠拋給對面的狙擊手，說：「躲開點，我也來了！」說完他後退幾步，隨後又助跑向前，大跨步跳到圓形石板上。

「老魏、牛強，繼續前進到最內層！」章晨光下達命令。老魏和牛強共同端槍在手，從雙層金甲武士中鑽進去，見大廳第三層漢白玉圓環擺得滿滿當當的全是佛像，透過佛像之間的縫隙看去，裡面似乎有東西在有規律地動。

兩人再跳到第三層漢白玉石板上，側身從各種金佛像之間費力地穿進去，看到眼前的景象後都怔住了。

後面章晨光和老段大聲道：「看到什麼了？喂，你們倆啞巴了嗎？」

過了半晌，遠遠聽見牛強歎道：「這就是漢武帝的棺材啊，我的天！」

老段心癢難搔，立即跑過去以圓形石板為跳板，一直躍到最裡層，穿過佛像後，他也呆了：面前是一個三十幾丈寬的圓形水銀池，池中浮著一艘漢白玉雕成的巨型龍船，船身長約十五丈，側面雕得滿滿的蟠龍翻雲圖案，並且鑲金嵌玉，船頭是一個昂首張口的巨型龍頭，龍嘴裡叼著一顆比八仙桌面還大的、翠綠欲滴的綠寶石，寶石內部有流光閃動，熠熠生輝，船尾則是個龍尾形狀，用金絲鑲嵌出溝絲。

龍船中是一座四層的漢白玉六角高台，飛簷斗拱，雕梁畫棟，因為高台太高，所以看不到裡面放著什麼。龍船前後用純金鏈子穿過，固定在玉石圓環外壁的孔洞中，孔洞處在一個活動石環上，池內水銀不知在什麼力量下旋轉流動，龍船和石環也跟著緩緩轉動。

「這……這就是漢武帝的龍船墓室！哈哈哈！」老段喜極大笑。隨後章晨光也跟了上來，看到這巨大而精美絕倫的龍船，驚訝得張大嘴說不出話。

四人圍著玉石龍船來回轉圈，喜不自勝。卻沒注意黑鐵門外悄悄摸進幾個人來。

原來林之揚躲進拐角後，竟發現姜虎和兩名傭兵也在那裡，便一同躲在拐角內，偷看章晨光等人利用老林犧牲開啟了梓宮大鐵門，又等他們進去之後才偷偷出來，準備來個背後打悶棍。幾人見這巨大的圓形石廳裡有十幾扇拱門，便趁章晨光他們在佛像裡欣賞龍船墓室時，悄悄躲進拱門。

這拱門裡像是個小型後花園，裡面堆得全是金銀珠寶，姜虎和林之揚商量過後，決定先悄悄摸上去來個突襲，一舉消滅敵人。

姜虎和兩個傭兵先跳到第二層漢白玉石板上，林之揚畢竟年紀大，看著腳下那流動的水銀，有點眼暈。姜虎示意他盡快跳過來，否則被章晨光等人發現就麻煩了。林之揚做夢都想看到漢武帝的棺材，於是他一咬牙，縱身跳上圓形石板。

圓形石板只有桌面大，被林之揚一踩立刻沉下去，林之揚身體失去平衡，不由得「啊」地叫出聲來。姜虎立刻伸出手握住林之揚的胳膊，將他硬拽過來。

章晨光手下的兩名黑衣人身經百戰，耳聰目明，聽到有人出聲，立刻回身問：「什麼聲音？」

老段從佛像空隙往外一瞥，頓時大驚：「是林之揚他們，大家小心！」

話音剛落，「嗒嗒嗒！」姜虎那邊的子彈就已經掃了過來，叮叮噹噹全打在金佛像上，火光四濺。章晨光嚇得連忙縮頭躲避，老段邊開槍回擊邊壓低聲道：「用狙擊槍，先打死那個為首的大兵！」

第四十三章　人為財死

狙擊手向後拉開距離，以緩緩轉動著的龍船為掩體，透過佛像間細小的縫隙向對面狙擊。林之揚這邊也有一名狙擊手，躲在拱門裡同時還擊。

兩名狙擊手互相射擊，林之揚這邊的狙擊手是退役全運會射擊冠軍，章晨光手下這位也不含糊，他在西藏、新疆和青海三地偷獵藏羚羊和野象，時間長達十年之久，從解放軍和野生動物守護隊眼皮底下逃掉過幾十次，經驗非常豐富。

兩人互開三槍之後，就瞭解到彼此均是箇中高手，心下不敢有絲毫怠慢，乾脆都躲著不敢露頭。

章晨光不像林之揚能沉得住氣，他有點著急，催促道：「躲著幹什麼？快給我狙死他們，快！」這人心中不悅，但老闆下令不好違抗，只得換上一梭新彈夾，從佛像間移動幾個方位準備找機會開火。

對面那個狙擊手心理素質更勝一籌，他利用拱門內的一面銅鏡反射看到對方的狙擊手正在移動身軀，顯然在尋找最隱蔽的射擊角度，他看準那人正從一尊佛像跑向另一尊觀音坐像時，忽然蹲下身迅速舉槍露頭，憑多年射擊感覺開了一槍。

「砰！」這一槍射入對方狙擊手的後腦勺軟骨，然後又穿出繼續飛行，說來也巧，剛好打在龍船頭龍嘴裡銜著的那顆巨大綠寶石上。啪！綠寶石頓時破了個洞，裡面浮動的流光漸漸熄滅。

那名中槍的狙擊手身體失去平衡，一個觔斗跌向前方，噗通一聲摔進水銀池，在水銀中上下掙扎。

旁邊章晨光、老段他們三個本想上去解救，但一想對方有狙擊手，誰露面就是找死，所以只能眼睜睜看著他沉進水銀液裡。

狙擊手被殺，章晨光這邊變得更被動了。還是老段狡猾，他眼球一轉，大叫道：「林教授，我看咱們應該坐下來好好談談，這裡有無數財寶，十輩子也花不完，乾脆我們雙方分掉算了，你看怎麼樣？」

林之揚恨之入骨，罵道：「放屁！你個段禿子，敢欺負我林之揚的女兒，還要和我搶茂陵的財富？做夢！今天我一定要把你們全部送上西天！」

老段咬了咬牙，對章晨光低聲說：「老闆，看來今天不是魚死、就是網破，只能硬打！」

第四十三章　人為財死

章晨光也是個好勇鬥狠的傢伙，他惡狠狠地道：「看來他今天是要跟我死磕，他媽的跟他拚命了！」

那黑衣人說：「我們從另一端退出去，躲進拱門裡再說吧！」三人盯著姜虎等人的動向，朝相反方向退去，跳過三層漢白玉石環後，躲進兩尊純金動物雕像之間的拱門裡。

姜虎用望遠鏡看著，說：「他們只剩下三個人了，章晨光、老段和一個持95式衝鋒槍的黑衣傢伙，我們怎麼辦？」

此時的林之揚做夢都想看看漢武帝的棺槨究竟什麼樣，於是吩咐道：「姜虎，你和他們倆去把章晨光那三個混蛋幹掉，我去中央看看漢武帝的棺木。」

姜虎氣得要死，心想都這個節骨眼上了，你居然還有心思去欣賞棺材？但收人錢財，也不好駁人面子，只得向另兩人一使眼色，三人慢慢從右側方包抄過去。

林之揚心情異常激動，他從另一個方向笨拙地踩著圓形石板向中央跳去，來到中央後，發現水銀池的液面似乎升高了，一些水銀也漫過漢白玉地面，在邊緣形成一個個圓形。他無暇顧及這些，費力地擠進佛像中來到龍船前。

這時他的大腦裡完全空白，眼神中有意外、有驚訝、有讚美，更多的是五體投地的心悅誠服。他發了半晌呆才回過神來，口中念道：「這就是漢武帝的龍船梓宮，這就是他的葬身之所，這就是世界上最強盛帝國的皇帝的墓穴，果然是不同凡響，果然是壯絕天下啊，哈哈哈……振文，你聽到了嗎？我們終於看到漢武帝的棺槨了，你聽到了嗎？哈哈哈哈……」

林之揚邊說邊哈哈大笑，笑著笑著，又漸漸轉為哭腔：「這就是我畢生想要看到的東西，今天我看到了，我看到了又能怎樣？」

呆立半晌，忽然他發現龍船的另一側鑿有石階梯，似乎可以爬進船去。他精神大振，踉踉蹌蹌跑上前，踩著粗如牛腰的純金鎖鏈朝龍船上走去。搖搖晃晃終於上了龍船，順石階梯爬上六角高台，只見一口純金棺槨靜靜躺在漢白玉高台之中，黃金配白玉，真是無與倫比的壯美絕倫。

林之揚爬進高台中來到金棺旁，見棺槨上雕刻著上千匹帶翅天馬，這些馬擠擠挨挨，都朝著同一個方向飛蹄疾馳，似乎要把金棺也帶上雲霄。林之揚興奮無比，雙手用力去推槨室上蓋，沉重的金槨蓋根本不動，他心急如焚，忽然見槨蓋上有個突起的八卦盤，分內外兩圈，內圈是八個卦義符號，外圈則是「乾坎艮震巽離坤兌」八個隸書嵌玉字，但漢字和卦義符號並非一一對應，而是錯開對著。

第四十三章　人為財死

他眼前一亮，連忙抓住八卦盤轉動外圈，將三橫線代表的乾卦與「乾」字對齊。忽然「錚」的一聲響，純金槨蓋向上緩緩升起，與棺身之間露出一尺多高的空隙。

林之揚大喜，連忙再次推動槨蓋，這回槨蓋就像門軸似地隨手而轉，裡面又露出一個純金槨蓋，蓋上雕滿飛虎，仍然有個突起的八卦盤。林之揚如法炮製，共開啟了四槨四棺，這才看到棺材最內部。

裡面躺著一個全身穿玉甲的人形，人形頭枕鑲金玉枕，身上的玉甲全由方形和闐羊脂玉拼成，每塊方玉外圈鑲金，上刻蛟龍形紋，圖案各不相同。玉甲人旁邊堆滿了貓兒眼、翡翠、藍綠寶石、紅石和珍珠，還有十幾卷純金雕刻的經書卷軸。林之揚探身入棺，雙手輕輕撫摸這具巧奪天工的鑲金玉甲，眼中流露出無限欣賞與愛憐，似乎在撫摸著自己剛出世的孩子。

那邊林之揚正沉浸於欣賞漢武帝的龍船棺槨，這邊兩隊人馬卻打得正熱鬧。章晨光手下僅存的那名黑衣人被狙擊手一槍打碎了天靈蓋，而狙擊手自己也被老段放黑槍打死，另一名傭兵在追逐中不慎跌入滑溜的水銀池裡活活嗆死。姜虎一個人對付章晨光和老段兩人，雖然左臂挨了兩槍卻毫無懼色，可身上最後一匣子彈即將打光，心中也有點焦急。

老段和章晨光一左一右夾攻姜虎，他們見姜虎射擊的頻率越來越小，就知道對方彈藥不足了，心中大喜，兩人貓著腰慢慢出來，想來個關門打狗。

突然一聲槍響，老段右臂中槍，他「啊」地叫出聲來，連滾帶爬躲到一尊金牛雕像後藏起，心中怦怦直跳，暗想從哪又殺出一個程咬金？

姜虎看得清清楚楚，他也在疑惑中，卻見黑鐵門外兩個人影跑了進來，姜虎大喜過望，正是田尋和林小培。只見田尋手持雙手槍，連連向章晨光藏身之處射擊，打得他根本不敢露頭。姜虎連連招手，田尋和林小培跑到姜虎身邊，問：「姜大哥，你沒事吧？」

「沒事！你們小倆口來得太及時了，快幫我把那兩個雜碎廢了！」姜虎高興地說。

林小培聽他說「小倆口」三個字，臉不由得紅了。田尋將一把手槍遞給姜虎：「沒問題！我和小培從右邊包抄，你去左邊！」

兩伙人左右抄過去，姜虎偷偷走進一扇拱門，忽然發現章晨光正縮頭縮腦地向另一個方向窺探，他心中暗喜，連忙屏住呼吸，躡手躡腳慢慢接近，想來個活捉王八。

第四十三章　人為財死

忽然身後槍響，姜虎在槍聲響起的一瞬間知道上當了。老段在後面放黑槍正中姜虎後腰，姜虎噗通一聲栽倒在地，頓時氣絕身亡。

老段手槍裡僅剩這一顆子彈了，他偷襲得手後也直冒冷汗，隨後哈哈大笑，章晨光回頭看到姜虎被殺，心裡非常高興，不假思索地衝出拱門，向黑鐵門外沒命般逃去。田尋瞧得真切，連忙跑出去緊追，衝出黑鐵門後見章晨光已經跑進黑暗中，馬上就要拐入迷宮，他急得抬手向黑暗裡連開數槍，也該著章晨光倒霉，最後一槍正打在他後腦勺上，他連哼都沒哼出來，就摔在地上再也起不來了。

就在這時，忽然圓形大廳內響起林小培的呼救聲：「田尋，快救救我啊！」

田尋大驚，連忙跑回廳內，卻見老段不知什麼時候抓住了林小培，他右手握著一柄軍用匕首，緊緊抵在林小培脖子上，正朝廳中央的龍船墓室跑去。田尋邊追邊大叫：「別傷害她，有話好說！」

老段挾林小培踩著金鎖鏈上了龍船，逼林小培爬進墓室後，卻看見林之揚正坐在純金棺槨前，口中喃喃自語，看到兩人進來，林之揚一愣，站起來指著他道：「老段，你……你要幹什麼？放開我女兒！」

「哈哈哈！林教授，真是人生何處不相逢，沒想到我們又在漢武帝的棺槨見面了。」老段笑道，「你馬上給我喊那個姓田的過來，乖乖把槍扔掉，否則我一刀捅死你的寶貝女兒！」

林之揚嚇得直哆嗦，連忙說：「不要、不要傷害她啊！」隨後跑到龍船甲板邊，扒著欄杆對田尋大喊：「你快上來，快點！」

田尋飛身來到龍船下爬上墓室，舉槍對準老段，喝道：「給我放開林小培，否則打爛你的腦袋！」

「你他媽嚇唬誰呢？老子吃的鹽比你吃的米飯都多！林之揚，快讓他把槍給我扔過來，不然看我給你女兒放血！」說完將刀緊緊頂在林小培喉嚨上。林之揚連連擺手，嚇得話都說不出來了。林小培眼中流淚：「大笨蛋，我真沒用，總是給你……扯後腿，你不要管我，快打死這個壞蛋！」

田尋呼呼喘氣，十分為難，他深知即使交槍投降，老段多半也不會放過林小培，但如果不扔槍，以現在的形勢他肯定會對林小培下黑手，只得說道：「老段，只要你放開林小培，我用人格保證不會傷害你，我向天發誓！」

「我操你媽的人格！你和我都他媽一樣，還哪來的人格？」老段破口大罵，「我數到三，你再不放槍，咱們就來個魚死網破！一……二……」

第四十三章　人為財死

忽然林之揚大叫：「這廳要沉了，要沉了！」老段側頭看去，見下面水銀池裡的水銀不知什麼時候已經快要將漢白玉地面淹沒，他心中一緊，這才想起剛才激戰時狙擊手打碎了龍嘴裡叼著的巨型綠寶石，那寶石顯然就是大廳總機關，水銀上升後就會將大廳浸沒。

林之揚爬起來快步翻身下了龍船，頭也不回，沒命地朝黑鐵門外跑去。老段氣得大叫：「林之揚，老林頭！你他媽不管你女兒的命了嗎？你再不回來，我就宰了你女兒，我數到三，一……二……三！」

林之揚根本沒回頭，一直跑出大廳。

老段絕望了。他知道林小培在林之揚眼裡是命根子，沒想到緊要關頭林之揚為了逃命，竟連命根子都不要了。他卻不知道林小培對田尋的重要性已經遠勝林之揚，只聽老段大吼道：「咱們一塊死吧！」

「噗！」

軍用匕首用力從林小培頸上劃過，鋒利無比的刀刃瞬間切斷喉管，鮮血噴出老高，林小培大張著嘴，喉嚨裡血泡翻滾，身子一歪從龍船上掉下，噗通一聲栽進水銀池，轉眼就沉沒在水銀液中。

「小培！小培……」田尋痛心之極，扯著嗓子大叫，恨不得也跟著翻身跳下去。

老段見田尋傷心欲絕，悄悄彎腰摸上來想趁機下殺手，田尋忽然轉身，一槍打在他持刀的右腕上，老段哎喲一聲匕首掉落，田尋又連開數槍，分別打中他左掌和兩腿膝蓋，老段連聲慘叫倒在地上。

田尋扔掉手槍，幾步跨過去揪起老段，大吼一聲將他高高舉起扔進金棺，再扣上棺蓋，忽聽「咔喇」聲響起，四棺四槨陸續自動合攏，隨即八卦金盤向下陷落，掉入金棺之中。

田尋呆立龍船上，眼淚嘩嘩直流，看著扣得嚴嚴的金棺，又看看下面的水銀池，這時水銀已經將玉石地面浸沒七成，突然龍船身猛震，發出嗚嗚怪聲，迅速向水銀池內沉去。田尋立刻回過神來，他翻身下船，踩著半浸在水銀中的金鎖鏈跑出，連縱幾下跳到外層，最後幾乎是在水銀液中游泳才逃出了黑鐵門。

剛跑出去，就聽軋軋巨響，黑鐵門緩緩合攏，四下一片漆黑。

田尋滿臉是淚在地上摸索半天，終於摸到一支強光手電筒，擰開一看，卻見林振文睜著眼睛的屍體就在身邊。他撿起林振文身邊的手槍，從迷宮內朝外面走，走出梓宮大門後來到三仙島。

第四十三章　人為財死

他剛才和林小培從石階雲霧團鑽進去後，轉身卻發現背後是一堵實心牆，他知道這裡是機關所在，於是掏出粉筆在牆上畫了三個圈做標記。這回他找到這個標記，閉著眼睛撞向牆壁，身體穿出牆壁後跌倒在石階上，差點把牙磕掉。

出了金烏銜日大廳來到萬佛壁，再順內神道進入「鼎」字迷宮，他牢記著宋越所講的八卦生門和死門規律，順利地回到外神道，這裡就是殺死母蠹的地方了。上台階跑回甬道，沿著螺旋隧道一直跑出山體。

外面已近黃昏，淅淅瀝瀝下著小雨。呼吸到外界新鮮空氣，田尋覺得自己像剛從地獄回到人間。他掏出陳軍給的那張磁卡，在金屬門旁的小鍵盤中一劃，再按下768642六個數字，電機聲響起，金屬門慢慢開啟。

外面的武裝工人正緊張地守衛著金屬大門，忽然聽到門開了，連忙都靠過來。田尋跑出大門後，看到幾十名拎著槍的工人正用疑惑的眼神看著他，他心中一凜，但早有主意，連忙假裝欣喜地說：「我們……我們發財了，哈哈哈！」

這些工人都愣了，忙問：「什麼發財了？到底怎麼回事？」

田尋說：「你們知道這裡面是什麼嗎？知道我們為什麼進去嗎？」幾十名武裝工人均搖頭不知。田尋道：「這裡是漢武帝劉徹的陵墓——茂陵，地宮中有無數財寶，我們這些人十輩子都花不完！」

工人們都傻了，半晌不出聲。忽然一名工人大叫：「我早就說過是這回事，你們偏不信，這回信了吧？哈哈哈！」

田尋趁熱打鐵：「現在你們快召集所有人進地宮去運財寶，到時候我們偷運出國境，都到美國去享福啊，快點！」

這些工人都是半文盲式的人，聽到田尋的話眼睛都紅了，連忙爭先恐後地鑽進甬道，那些操縱裝載機、挖掘機的司機也紛紛跳出汽車，一股腦跑進甬道中，轉眼間，偌大個鋼鐵廠連半個人影也沒了。

田尋苦笑著走上前，先用磁卡關閉金屬鐵門，然後再來到地下倉庫。那兩名警衛仍然在聊天侃大山，看到田尋拎著手槍進來，慌忙去伸手掏槍。田尋砰砰連開數槍打死兩人，從他們身上摸出鑰匙打開倉庫，找到堆放TNT炸藥的鐵柵欄門，輸入之前林小培告訴的密碼。

想起林小培，田尋又悲從中來，眼淚止不住嘩嘩流淌。他在心中暗道：小培啊小培，希望我現在所做的一切能得到妳的理解！

他找出電子遙控起爆器和電子雷管，將雷管插在其中一塊TNT炸藥中，再抓起一把M4A3步槍，又將幾支彈匣塞進口袋，最後遠遠跑出倉庫，鑽進一大堆貨櫃中間，用衣服蒙住腦袋，伸手按下電子起爆器開關。

「轟！」

天崩地裂似的巨響，腳下的大地似乎也要裂開，震得田尋耳朵嗡嗡直痛。

等聲音漸漸散去後，他鑽出貨櫃，發現從一幢辦公樓裡跑出十幾名武裝工人，向倉庫樓跑去。田尋拉上槍膛，在背後突然開火，打死好幾名工人後，其他人四散躲避各找掩體回擊。田尋也不反擊，他要做的是拖延時間，因為他在進入茂陵的當天早晨引爆冶煉爐，這也是他發出的最後一個信號，成與不成就聽天由命了。

接著從幾個樓裡又跑出幾十人來，田尋有點後悔，他沒想到居然還有這麼多武裝工人藏在樓裡，這下可糟糕了，只好開槍還擊。

轉眼間幾支彈匣打光，田尋腦門見汗，正在焦急時忽然車聲轟轟，從貨櫃縫隙看出去，見幾輛裝甲車從鋼鐵廠大門外駛來，「砒噹」一聲撞壞鋼鐵廠大門衝進院內。

幾十名武裝工人有點蒙了，不知道發生了什麼事，直到裝甲車上的重機槍發出恐怖的怒吼，這些人才回過神來，紛紛掉轉火力射擊裝甲車。

裝甲車當然不怕普通輕武器，幾輛車在院子裡散步似地來回轉了幾圈，就幾乎掃光了所有的武裝工人，剩下幾名識相的連忙扔掉槍枝，舉著雙手慢慢走出來投降。

隨後又從破損的大門外開進十幾輛黑色防彈車，停在院中後跳下近百名蒙著黑布的特警，從不同方向開始地毯式搜索鋼鐵廠。田尋大喜，連忙扔掉槍鑽出貨櫃，高舉雙手向特警跑去。

四名特警立刻圍上來，為首一人不由分說，舉槍托就要砸田尋的腦袋，田尋連忙大喊：「我是好人，是我報的警！」

「別傷他，是自己人！」

身後響起一個脆生生、銀鈴般的聲音，田尋心頭一熱，循聲望去，果然看到趙依凡一身特警裝扮快步朝他跑過來。

「依凡！」田尋衝上去和趙依凡緊緊抱在一起。趙依凡說：「什麼都不要說了，先幫我們抓到林之揚！」

第四十四章　夢乎，醒乎

田尋一揚手：「都跟我來！」

五天後，西安市國家安全局會議室。

一名警察將兩份文件放在田尋面前，說：「看看吧，這是國家對你做出的判決。」

接過文件，田尋見上面的一份是印有「中華人民共和國最高人民法院」紅頭的裁定書，上面寫著：

田尋，男，中國籍。因挪用公款及參與盜挖、倒賣國家文物罪，證據確鑿，本人亦對其全部罪行供認不諱，現經由最高人民法院裁定，依法判處田尋無期徒刑。

看完文件田尋傻了，抬頭看著這名警察，這警察仍然面無表情，只用眼睛看了看另外一份文件，示意他繼續看。田尋顫抖著抽出另一張紙，上面是「中華人民共和國國家安全局」的紅頭文件，內容是：

田尋，男，中國籍。曾挪用公款、被不法分子利用及脅迫參與盜挖和倒賣國家文物，但其在緊要關頭能作出正確抉擇，幫助警方消滅不法分子，為國家挽救大量珍貴文物，使文物免於流落海外，功勳卓著。現經政府特許，赦免其挪用公款及參與盜挖、倒賣國家文物罪，並吸收為國家安全局保護文物特別行動小組成員。

對面的警察看著田尋疑惑不解的神情，忍不住笑了起來。門開了，趙依凡穿著一身颯爽的藏藍警服走進來。

「這……這到底是怎麼回事？」田尋問。

趙依凡笑了，在他身邊坐下，說：「我是國家安全局的警察，同時也是保護文物特別行動小組的成員，我從到瀋陽採訪你的那天就開始暗中監視你了。基建局官員到鋼鐵廠視察時，你引爆了冶煉爐，消息很快傳到公安局和國家安全局，我知道那肯定是給我們發出的信號，於是派特警在鋼鐵廠附近悄悄駐紮下來。我很高興你作為一名中國人在緊要關頭能堅持原則、分清善惡，我從心底為你感到自豪！」

田尋高興極了，大悲大喜之下，心臟還真有點承受不住。趙依凡拉起他：「先別發呆了，詳細情形我會慢慢對你說的，現在我帶你去見一個老朋友，走吧！」

第四十四章　夢乎，醒乎

出院後兩人進了一輛黑色奧迪轎車，趙依凡親自開車載著田尋開出大院，順大路向雁塔區駛去。經由太華路、環城路、太乙路和西延路到北池頭村，七拐八拐在一座大院門前停下。兩人下車進院，田尋看到院門邊的一塊豎匾寫著兩排黑字：西安市精神病院，西安市精神病康復中心。

田尋大惑不解，趙依凡也不解釋，進樓後亮出證件，逕直帶田尋上三樓來到一間小小病房前。隨行的醫護人員用鑰匙打開門，說：「趙警官請進，這個病人除了神志不清之外，沒有任何暴力傾向，你們放心吧！」

病房裡光線昏暗，一個老頭蹲坐在床邊喃喃自語，面前的小板凳上放著一個白色搪瓷水缸，裡面裝滿白開水。

「林之揚！」田尋大驚，他萬沒想到林之揚居然也活著逃了出來。林之揚聽到有人說話，慢慢抬起頭看著田尋，呆了半晌才張口道：「振文，你來了。」他神色憔悴，瘦骨嶙峋，眼中卻發出異樣的光芒。

田尋這下完全明白了，林之揚盜寶出國的美夢破滅了，又在茂陵地宮失去林振文和林小培，終於神志錯亂，成了瘋子。

他來到林之揚面前蹲下，說：「林教授，你還認識我嗎？我是田尋，不是林振文。」

林之揚呵呵笑了，伸出乾瘦的手，輕輕撫摸田尋臉龐：「振文，你變年輕了，也曬黑了。」

「不用浪費口舌了，他現在誰也不認識，醫生說是重度神經錯亂，就算華佗再世也治不好啦！」趙依凡道。

林之揚聽到趙依凡說話，抬起頭看著她，臉上頓時露出笑容：「小培，妳也來了！我就知道妳不會恨爹，肯定會和振文一塊來看爹的！」

一聽他提起林小培，田尋心如刀絞，喉嚨直發酸。趙依凡哼了聲：「我不是你女兒，我是趙依凡，還記得嗎？」

林之揚嘿嘿笑了：「小培，妳變成熟了，個子也高了……哎，那個傻瓜田尋呢？我就知道妳不會真心喜歡他，現在我們在加拿大過神仙日子多好啊！妳看！」說完，他端起面前的搪瓷缸：「現在我天天在游泳池裡游泳，妳看這水多清、多乾淨啊！馬上就到聖誕節了吧？到時候妳要陪老爹去多倫多逛街的，我們可早就說好了哦！」

田尋再也忍不住眼淚奪眶而出，他強抑住心中悲痛，站起來衝出病房。

在車上，趙依凡語氣平靜地說：「特警部隊在茂陵地宮中共發現三百七十餘名武

第四十四章　夢乎，醒乎

裝分子，其中兩百零五人已經被陵墓機關殺死。我們還找到了除林小培、段佩興和姜虎之外所有人的屍體。特警部封閉了甬道和隧道，國家準備將鋼鐵廠繼續投資，大力興辦起來。那老頭還真有錢，包括鋼鐵廠在內，還有他在西安的別墅、咸陽的豪宅、私人飛機場、英國伯明罕的城堡、賽馬和遊艇，再加上他西安別墅中的幾百件珍貴文物孤品，總價值約在六、七十億左右。這些錢幾乎是他幾十年來倒賣國家文物的全部非法所得，不過現在都被國家沒收，他落到這個地步，就算是罪有應得吧！」

「那林小培呢？她犯了什麼罪？卻要給他爹做陪葬，而林之揚卻還好好地活著！」田尋憤怒地道。

趙依凡歎了口氣：「林小培當然沒有錯，如果非要挑她的錯，那只能說她攤上一個倒霉的老爹。」

兩人默默無語良久。忽然，田尋想起了老威，他連忙問道：「我被姚雪穎騙去的那二十萬，還有辦法追回來嗎？」

趙依凡噗嗤笑了：「你這個笨蛋！古作鵬已經落網，那些錢原本是林之揚給你的贓款，不過國家念在你立大功的分上，特別獎勵你人民幣三十萬元，同時你在公安網上的紀錄也全部清除。」

「太好了！我現在就想回家！」田尋十分高興，一想起家人，又沉重地低下頭，說道，「離家快半年了，這段時間我用光了家中所有的錢，爸媽肯定也會因為我入獄而背上思想負擔，爸爸身體又不好，不知道他們現在怎麼樣了。」

趙依凡敲了他腦袋一下：「就知道你想家，明天上午就走吧，機票我會為你辦好的！」

忽然她想起了什麼，又問：「田尋，你對我說老實話，在茂陵地宮中看到那麼多財寶，你就真的一點都不動心，不想偷運到國外去享福？」

田尋沉吟片刻，說道：「如果說一點也不想那是假話，神仙日子誰都想過，我也一樣。但在開掘茂陵之前，林之揚曾帶我到英國倫敦旅遊一番，在大英博物館中，我切身經歷了外國人對中國人的蔑視，那是一種文明人面對原始人的不屑表情，這表情我一輩子也忘不了，因此在那時我就暗下了決心，就算豁出性命不要，也要盡全力阻止這幫混蛋！」

趙依凡聽後一愣，隨即甜甜地笑了。

三天後的中午，瀋陽桃仙國際機場。

第四十四章　夢乎，醒乎

四月的瀋陽剛下過一場春雨，天氣晴朗，碧空如洗。走下飛機的田尋心情格外舒暢，恨不得插上翅膀立刻飛回家。但有兩件事必須在回家之前辦妥，當下先乘出租車來到市府大路的「誠意」典當行，贖回了自己那個歐米茄007海馬錶，再奔向懷遠門古玩市場。

上了二樓來到集威閣，裡面冷冷清清，只有一個人正在屋裡專心致志地擦著一只銅瓶。

田尋走進去徑直奪過銅瓶，來回看了看：「怎麼老威，又開始搗弄五十年代的仿品了？」

老威一抬頭，頓時驚訝得張大嘴說不出話，田尋把手裡拎的兩大袋食物和四條精品黃鶴樓扔在那張紅木桌上，坐在椅上：「看什麼看？不認識我，還是失憶了？」

「老田！你……」老威一把摟過田尋，「你怎麼到這來了？」他忽然想到了什麼似的，立刻彈起身迅速關上店門，身體擋在田尋面前，低聲說：「老田，這段日子你在哪躲著？手頭缺錢嗎？別急，我前幾天剛賣了幾件小東西，還有兩萬塊錢，不行你就先拿著用，我自己再想辦法……」

田尋眼睛濕潤了。患難見真情，他沒想到這時候的老威還是如此夠意思，他站起來將店門大開，對老威說：「你去買幾瓶啤酒，咱哥倆好好喝一頓，我要給你講個故事，保證精彩！」

晚上六點，瀋陽某居民小區內農貿市場。

市場裡人聲嘈雜，很是熱鬧，下班的人們都到這來買菜準備晚飯。田尋在市場裡來回蹓躂著，手中提了兩隻土雞、幾斤五花肉和一些新鮮蔬菜，還想再買點水果，便來到一個水果攤上。

攤前幾名中年婦女正在選葡萄，這些葡萄被店老闆分成幾堆，最新鮮的價格也最高，稍差點的其次，而葡萄粒已經因長時間存放而變軟、變黑的那種則是最便宜的，被散亂地堆在旁邊，一名衣著敝舊的中年婦女正在這堆最差的葡萄裡挑來選去。旁邊幾個買主看著那中年婦女，臉上都露出鄙夷之色，分明在說：「那樣的葡萄還買，能吃嗎？」

店老闆是個潑辣娘們，顯然有點不耐煩，她大聲呵斥道：「八毛錢一斤的葡萄還挑啥啊？再挑就更沒人要了！愛買不買，別挑了！」

中年婦女臉色尷尬，卻仍然帶著笑說：「不挑哪行啊，總得挑點好的，要不沒法吃啊！」女老闆懶得再說什麼，伸手一把將那堆爛葡萄收回筐裡，自顧招呼別人去了。中年婦女一怔，歎了口氣，慢慢轉身準備離開。

田尋一看，這不是媽媽嗎？只見她鬢邊比以前更加斑白，腰也有點駝，神色疲憊，整個人蒼老了許多。

田尋鼻中發酸，他快步走上前：「媽，要買葡萄啊？我來吧！」

再對那女老闆道：「那個美國紅提怎麼賣？」

女老闆漫不經心地答道：「那個是特級紅提，今天新到的貨，二十五一斤不還價。」

「要四斤，給我挑好的拿！」田尋取出真皮萬寶龍錢包，捻出一張嶄新的百元大鈔扔過去。

女老闆一愣，隨即高興地撿起鈔票，大聲應道：「沒問題！放心吧，要是有一顆爛的，你拿回來扔我臉上！」

田尋媽看著田尋，不由愣住了。田尋笑著摟過她的肩膀，眼中帶著濕潤：「媽，我回來了！」

（全書完）

後記

《國家寶藏》系列是我的處女作，四本書寫了兩年零兩個月。

我是個大腦充滿夢想的人，從小就喜歡畫畫，極佩服畫風細膩的幾個日本漫畫名家，如：北条司、荒木飛呂彥和車田正美等，自己做過很久的畫家夢，經常在紙上畫各種東西，很多朋友都說我是這塊料，可有了電腦後極少再拿畫筆，就逐漸荒廢了此項。

我也愛看書，除了學校發的課本之外，什麼書都看，小學三年級就開始似懂非懂地看《倚天屠龍記》。說實話，現在中國的文學小說越來越乏味，更談不上什麼深度，很多書商都在大炒特炒青春文學，因為中國最有實力的讀者群不是成年人而是學生。太多無病呻吟、小資情調和快餐小說充斥整個圖書市場，放眼看去，到處都是玄幻、穿越和後宮，想找一本如《達文西密碼》般的高水平文化懸疑簡直是難上加難。其實中國的懸疑探險類小說相比還算不錯，但或多或少都在拾人牙慧，缺乏完全自主的創作題材，而且大多題材偏窄，不是發生在校園的凶殺案，就是和新娘、嫁娶有關的靈異故事，而且大多數都會打封建迷信的擦邊球，只在最後給出個歸於科學真實的解釋，未免有點千篇一律。希望今後的出版商能多挖掘一些默默無聞的好作者，少炒作一些令人發笑的所謂名家，也希望咱們中國的懸疑小說能發展到更高的層次。

我更喜歡看電影，尤其是科幻、犯罪和探險大片，如：《終結者》、《二〇〇一太空漫遊》、《木乃伊》、《沉默的羔羊》和《精神病患者》等，也許男人的體內天生就流著冒險的血液吧！我雖然愛看書，但自己卻很少動筆寫，可能是總覺得還沒到那個水平，直到看了紅遍〇七年的《鬼吹燈》之後，才真正萌發了寫長篇小說的想法。

可能因為電影看得太多，在我的小說裡也會無意中夾帶很多電影式的描述手法，如：對話、人物調度及場景轉換等。也許每個作者都會不經意地在自己塑造的人物中融入自己的性格和處世標準，我也一樣，從某種意義上講，田尋基本就是我的縮影，這是一個很普通的人，甚至比大多數普通人還要更普通，我很討厭把文學形象寫得高大全，無所不能，因此故意將一個長篇的主角寫得非常平庸，但他能在緊要關頭流露出高尚的閃光點，這就足夠了。

有些讀者說第二、三部沒有第一部好，很大原因是探險內容不夠多，我是這樣想的，雖然是探險小說，但通篇從頭到尾全是探險，讀起來是過癮了，卻總覺得少點什麼。就如前幾年大火的盜墓小說，從開始就盜墓，一直盜到結尾，主角似乎就是為了盜墓而生。我認為就算是探險也要有原因、有準備，沒有人生下來就會探險，也沒有人這輩子除了探險什麼也不做，就好比一桌菜全是肉，吃起來早晚有膩的時候，總得來點蔬菜、水果和湯搭配下飯吧？劇情的鋪墊我認為是必須的，並非可有可無，倒是現在很多讀者看書的態度有些偏激，喜歡什麼類型就只看這種情節，其他全都草草翻過，這不是個好習慣，對作者也不公平，應該從書中汲取多方面的營養，而不是整天只吃一種菜。

很多文學大師都說過：寫小說的最終目的不是表現情節，而是塑造典型。情節再精彩也會漸漸被忘記，而塑造出一個鮮活的人物則會被人們記住幾百年。我努力在朝這方面發展，可惜做得很不夠，著重筆墨描寫的人物不夠鮮明，而無心插柳的一些配角自己卻比較滿意，比如：林之揚、老威等。

對於一個之前連短篇都沒寫過的新手來說，上來就寫長篇，而且還是近百萬字的四部，肯定是件很苦的事，對這套處女作，我自己不滿意的地方太多，只能在今後的寫作過程中慢慢提高。另外系列小說比較難寫，尤其越往後越累，寫第一部《天國謎墓》時靈感如泉湧，寫後續兩本故事時大腦澀滯，直到第四部《關中神陵》後半段才有些起色，很多讀者批評我第二、三部水平大不如第一部，這是限於水平能力，也是很無奈的事，希望讀者多多提出批評指正，我不怕挨罵，但請不要進行人身攻擊。

另外提一句，可笑的是我很多朋友都不相信我能出書，在他們拿到樣書時，第一句話先問我：「你這書是怎麼抄出來的？」

我無法回答。

這套書的出版要大力感謝陝西出版集團（太白文藝出版社）的王大偉、李丹老師，武漢意美匯文化的李偉老總、著名出版人夏成雲先生和平面設計師鄧丹小姐，可以說沒有他們的大力幫助，就沒有《國家寶藏》上市。另外，很多作者圈內的朋友和讀者們也給了我極大的鼓勵，在這裡謝謝他們，同時我也把這套書送給我親愛的父母和姊姊。

最後還必須補上一句：本書內容完全虛構，如有雷同純屬巧合。

瀋陽唐伯虎

二〇〇九年十二月二十五日夜　北京

國家寶藏 8 關中神陵 II

作　　者　瀋陽唐伯虎

發 行 人　林敬彬
主　　編　楊安瑜
責任編輯　李彥蓉
執行編輯　成虹樺
校　　對　王淑如
內頁編排　于長煦
封面設計　王雋夫、何韋翰

出　　版　大旗出版社　行政院新聞局北市業字第1688號
發　　行　大都會文化事業有限公司
11051 台北市信義區基隆路一段432號4樓之9
讀者服務專線：(02)27235216
讀者服務傳真：(02)27235220
電子郵件信箱：metro@ms21.hinet.net
網　　　址：www.metrobook.com.tw

郵政劃撥　14050529 大都會文化事業有限公司
出版日期　2011年4月初版一刷
定　　價　199元
ISBN　978-986-6234-21-7
書　　號　Story-10

4F-9, Double Hero Bldg., 432, Keelung Rd., Sec. 1, Taipei 11051, Taiwan
Tel:+886-2-2723-5216　Fax:+886-2-2723-5220
E-mail:metro@ms21.hinet.net
Web-site:www.metrobook.com.tw

大旗出版 BANNER PUBLISHING 大都會文化

國家圖書館出版品預行編目資料

國家寶藏8之關中神陵 II / 瀋陽唐伯虎著.
-- 初版. -- 臺北市：
大旗出版：大都會文化發行, 2011.04-
冊；　公分--(Story；10)

ISBN 978-986-6234-21-7(第8冊：平裝)

857.7　　99025203

大都會文化　讀者服務卡

書名：國家寶藏 關中神陵II

謝謝您選擇了這本書！期待您的支持與建議，讓我們能有更多聯繫與互動的機會。

A. 您在何時購得本書：______年______月______日

B. 您在何處購得本書：____________書店，位於____________(市、縣)

C. 您從哪裡得知本書的消息：

1.□書店　2.□報章雜誌　3.□電台活動　4.□網路資訊

5.□書籤宣傳品等　6.□親友介紹　7.□書評　8.□其他

D. 您購買本書的動機：（可複選）

1.□對主題或內容感興趣　2.□工作需要　3.□生活需要

4.□自我進修　5.□內容為流行熱門話題　6.□其他

E. 您最喜歡本書的：（可複選）

1.□內容題材　2.□字體大小　3.□翻譯文筆　4.□封面　5.□編排方式　6.□其他

F. 您認為本書的封面：1.□非常出色　2.□普通　3.□毫不起眼　4.□其他

G. 您認為本書的編排：1.□非常出色　2.□普通　3.□毫不起眼　4.□其他

H. 您通常以哪些方式購書：(可複選)

1.□逛書店　2.□書展　3.□劃撥郵購　4.□團體訂購　5.□網路購書　6.□其他

I. 您希望我們出版哪類書籍：（可複選）

1.□旅遊　2.□流行文化　3.□生活休閒　4.□美容保養　5.□散文小品

6.□科學新知　7.□藝術音樂　8.□致富理財　9.□工商企管　10.□科幻推理

11.□史哲類　12.□勵志傳記　13.□電影小說　14.□語言學習（____語）

15.□幽默諧趣　16.□其他

J. 您對本書(系)的建議：

____

K. 您對本出版社的建議：

____

讀者小檔案

姓名：______________ 性別：□男　□女　生日：____年____月____日

年齡：□20歲以下 □21～30歲 □31～40歲 □41～50歲 □51歲以上

職業：1.□學生 2.□軍公教 3.□大眾傳播 4.□服務業 5.□金融業 6.□製造業

7.□資訊業 8.□自由業 9.□家管 10.□退休 11.□其他

學歷：□國小或以下 □國中 □高中／高職 □大學／大專 □研究所以上

通訊地址：________________________________

電話：（H）______________（O）______________ 傳真：______________

行動電話：________________E-Mail：________________________

◎謝謝您購買本書，也歡迎您加入我們的會員，請上大都會文化網站 www.metrobook.com.tw 登錄您的資料。您將不定期收到最新圖書優惠資訊和電子報。

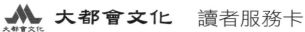

國家寶藏 關中神陵II

北區郵政管理局
登記證北台字第9125號
免貼郵票

大都會文化事業有限公司

讀者服務部 收

11051台北市基隆路一段432號4樓之9

寄回這張服務卡〔免貼郵票〕
您可以：
◎不定期收到最新出版訊息
◎參加各項回饋優惠活動

大旗出版
BANNER PUBLISHING

大旗出版
BANNER PUBLISHING